Distintas formas de mirar el agua

Julio Llamazares

Distintas formas
de mirar el agua

Primera edición: febrero de 2015
Segunda edición: febrero de 2015
Tercera edición: marzo de 2015
Cuarta edición: abril de 2015

© 2015, Julio Llamazares
© 2015, de la presente edición en castellano para todo el mundo:
Penguin Random House Grupo Editorial, S. A. U.
Travessera de Gràcia, 47-49. 08021 Barcelona

© Diseño: Proyecto Enric Satué
© 2014, Kike de la Rubia, por la imagen de la cubierta

Printed in Spain – Impreso en España

ISBN: 978-84-204-1917-6
Depósito legal: B-25509-2014

Impreso en Anzos, S. L., Fuenlabrada, Madrid

AL 1 9 1 7 6

Penguin
Random House
Grupo Editorial

Junto a los ríos de Babilonia nos sentábamos y llorábamos acordándonos de Sión.

LIBRO DE LOS SALMOS

Gasté mi vida en el trabajo de volver.

ÁNGEL FIERRO

Virginia

Cuando llegamos a la laguna, el poblado estaba aún sin construir. Tan sólo unos barracones se dibujaban en la llanura y en ellos nos refugiamos junto a las quince o veinte familias que habían ido llegando, procedentes de lugares anegados por pantanos como el nuestro, a aquel fangal infinito emergido de la desecación del lago que había cubierto hasta entonces el territorio virgen y desolado que íbamos a ocupar.

Y a cultivar, claro es. Porque junto con nuestros enseres y escasos muebles transportábamos también en el camión que nos había traído desde Ferreras los animales y los aperos que componían todo nuestro patrimonio, incluidas las dos vacas con cuya ayuda tendríamos que roturar las seis hectáreas que nos correspondían, según las escrituras que nos habían dado los ingenieros antes de nuestra partida, de aquella tierra baldía y del color de los sacos viejos que se extendía hasta el horizonte delante de nuestros ojos.

Los comienzos fueron duros y muy tristes. Instalados en uno de los barracones junto con otras cuatro familias llegadas, como nosotros, desde muy lejos (desde la provincia de Guadalajara, una, y las otras desde un pueblo de Zamora rayano con la frontera de Portugal), nos dispusimos a cultivar la tierra y a emprender una nueva vida en aquel lugar. ¿De qué nos valía ya añorar los verdes prados de Ferreras, los regueros y los huertos junto al río, los pastizales de las colladas y de los puertos de las montañas hasta los que subíamos a las ovejas en el verano y desde los que contemplábamos el maravilloso circo de peñas blancas e inaccesibles que rodeaba el hermoso valle de nuestro pueblo, diminuto allá, en el fondo, junto al río que terminaría con él? Ahora lo que teníamos era solamente eso: seis hectáreas de terreno plano como una masera de las que tendríamos que extraer el fruto que nos permitiría alimentar a los cuatro hijos, los cuatro todavía pequeños para trabajar.

Teresa, que es la mayor, tenía apenas dieciséis años. Fue a la que más le costó dejar atrás nuestra casa y a las gentes de Ferreras para siempre, pues por su edad era la más consciente de todos. José Antonio y Virginia, más pequeños, aunque también lloraron cuando nos fuimos y durante varios días permanecieron casi en silencio, sobrecogidos por la soledad del sitio en el que íbamos a vivir, en seguida se adaptaron y olvidaron Ferreras, si no del todo, sí como referencia, y lo mismo le ocurrió a Agustín. Justo todo lo contrario que nosotros, su padre y yo, que, como los demás colonos, mientras más pasaba el tiempo, más añoranza sentíamos de nuestro antiguo pueblo y de las montañas que lo envolvían y que son las mismas que me contemplan de nuevo hoy, sólo que rodeadas de un lago inmenso, el del pantano bajo el que yace aquél.

Domingo nunca quiso volver a verlas mientras vivió. Al revés que otros vecinos (los que se instalaron en la laguna como nosotros y los que se marcharon lejos, alguno incluso fuera de España), él nunca quiso volver aquí ni consintió en que nuestros hijos lo trajeran, como sí hicieron conmigo a veces. Él se quedaba solo en la residencia o —antes— en nuestra casa de la laguna y, cuando regresábamos, ni siquiera nos preguntaba qué habíamos visto ni si habíamos encontrado a algún antiguo vecino que, como nosotros, hubiera vuelto al borde del lago que ahora sepultaba el valle a imaginar bajo él los tejados de las casas y las calles sumergidas de Ferreras.

Durante los cuarenta y cinco años que han pasado desde el día en el que, con la casa a cuestas, abandonamos estas montañas camino de la llanura, Domingo nunca volvió a hablar del pueblo, como tampoco lo hizo de Valentín, el pobre hijo que se nos murió tan pronto. Domingo prefería olvidarse del pasado y para eso lo mejor, pensaba, era no nombrarlo. Yo, en cambio, aunque me habría gustado hacer como él: borrar los momentos malos de mi memoria y vivir como si nunca hubieran existido, jamás lo pude lograr; al contrario, mientras más hacía por olvidar, más recordaba y me dolía el recuerdo.

Me pasó con Valentín, de cuya temprana muerte nunca me recuperé, y me pasó con su abandono forzoso al dejar Ferreras, en cuyo cementerio sellado por una capa de hormigón (una medida obligada a fin de evitar que el agua erosionara la tierra de las sepulturas y sacara los huesos de los muertos a la luz) quedó, como la mayoría. Hubo quien sacó a los suyos y se los llevó a otro sitio, pero Domingo y yo, cuando nos lo plantearon, decidimos dejar los nuestros en su lugar, incluido Valentín, ya que nosotros no podíamos hacerlo. Y como con mi hijo me pasó con mi pasado. Sepultados bajo el agua del pantano como aquél, aquí quedaron los casi cuarenta años que había vivido hasta ese momento, todos en la misma casa en la que nací y crecí, igual que mi madre y que mi abuela Andrea; cuarenta años si no felices del todo (la muerte de Valentín y de mi padre todavía joven vinieron a disipar mi felicidad), sí al menos muy tranquilos y apacibles, pues nuestra vida estaba ya encarrilada por los mismos caminos que las de nuestros antepasados, aquellos hombres y mujeres que levantaron para nosotros todo lo que ahora teníamos.

En la laguna, en cambio, todo lo hubimos de construir nosotros. Salvo las casas, que las hicieron obreros llegados desde muy lejos (aunque, eso sí, las tuvimos que pagar nosotros: veinte años nos costó a Domingo y a mí terminar de hacerlo), todo lo demás lo levantamos con nuestro propio esfuerzo y dedicación, sin más ayuda que

la de nuestros vecinos; gentes llegadas, como nosotros, a aquella tierra baldía tras haber sido expulsadas por la fuerza de las suyas. ¡Cuánto tuvimos
que trabajar y cuánto sudor dejamos en las que
ahora son tierras fértiles y productivas pero que,
cuando llegamos, no eran más que un lodazal del
que, al llover, brotaba el agua de nuevo hasta
el punto de que a veces tuvimos que abandonar
precipitadamente los barracones para buscar un
lugar seguro fuera del territorio antiguo de la laguna o, sin llegar a ese extremo, dormir con una
mano fuera de la cama para que el agua no nos
mojara si subía más de la cuenta!

Así que dejamos un pueblo hundido y
nos establecimos en otro nuevo que navegaba en
la indefinición: a veces en el agua y otras en medio del cereal y los girasoles. Lo más duro fue, no
obstante —para los que procedíamos de lugares
montañosos como nosotros al menos—, acos-
tumbrarse a los nuevos horizontes y a la falta de
accidentes geográficos que nos sirvieran para
orientarnos en la llanura. Habituados como estábamos a que los montes y las colinas, los árboles y los caminos, las espadañas de las iglesias y
las montañas de alrededor nos indicaran nuestra
situación, en la antigua laguna desecada no había
una sola referencia que nos sirviera para orientarnos, excepto el sol. Sólo él nos ayudaba, en los
primeros tiempos al menos, a situar los puntos
geográficos y, con ayuda de ellos, los campos que
nos pertenecían. Recuerdo que Domingo se en-

fadaba cuando, después de dar muchas vueltas, nos deteníamos desorientados en medio de la llanura incapaces de saber la localización exacta de los nuestros.

Y, sin embargo, aquí ¡qué fácil era orientarse! Incluso todavía hoy, con todo el valle ya sumergido, podría señalar la situación no sólo de cada aldea: Quintanilla, Campillo, Utrero, Vegamián..., sino de la carretera y de los caminos. Y, al hilo de éstos, de nuestros huertos, de nuestros prados, del soto en que sesteaban las vacas en el mes de agosto, cuando el calor arreciaba hacia el mediodía, de la majada en la que guardábamos las ovejas en el invierno y en la que más de una vez dormí acompañando a mi madre con la vecera cuando era joven. Con los ojos tapados podría orientarme bajo las aguas y encontrar cada camino y cada lugar y, en cambio, todavía ahora me cuesta hacerlo en los de nuestro nuevo pueblo.

¡Qué duro debió de ser para mi marido! Yo, al fin y al cabo, seguía haciendo lo mismo, esto es, cuidando de la casa y de nuestros hijos y ayudándole a él cuando me quedaba tiempo, pero Domingo tuvo desde el principio no sólo que aprender a orientarse en la nueva tierra, sino también una agricultura que desconocíamos completamente, puesto que la de la montaña era muy distinta. Mientras que aquí apenas cultivábamos patatas y algo de trigo y centeno para el consumo de la familia y los animales (el pastoreo era lo fundamental), en la laguna la tierra era tan feraz que permitía cultivos de todo tipo (remolacha, avena, maíz, alfalfa, cebada, trigo...), todos en grandes cantidades además. Menos mal que compramos aquel tractor (a plazos, como la casa) que nos ofrecieron a la vez que ésta, pues con la sola ayuda de las vacas no hubiéramos podido roturar toda nuestra tierra y mucho menos cosecharla luego. Con las distancias que hay entre campo y campo y las extensiones de éstos, habríamos tardado meses en poder hacerlo.

Cuando los hijos fueron creciendo y empezaron a ayudarnos con el campo, pudimos comenzar a respirar y a disfrutar de lo conseguido, si bien siempre con la tristeza de lo perdido y dejado atrás. Como los demás vecinos, habíamos mejorado nuestra situación (ahora vivíamos con desahogo), pero seguíamos añorando aquella vida anterior, sin duda alguna más pobre, pero en nuestra imaginación feliz y en nuestros recuerdos dulce; tan dulce como el paisaje en el que se desarrollaba y cuyos restos aún permanecen en el entorno del gran embalse que lo borró con excepción de las altas peñas y de los montes que lo rodean. ¡Lástima que Domingo ya no pueda verlos, pues, aunque siempre se resistió a volver, estoy segura de que, en el fondo, le habría encantado hacerlo siquiera fuera una sola vez! Si no, ¿por qué desde el primer día me dijo, cuando todavía estaba lleno de fuerzas y la muerte era una idea muy remota, tan remota como este valle que él nunca quiso volver a ver, que, cuando falleciera, lo trajéramos aquí?

Me lo dijo cuando nos despedimos, aquella mañana fría del mes de octubre, de estas montañas, entonces ya pintadas de amarillos y granates (los de los cerezos bravos y los espinos; los frutales y los chopos de la vega habían sido talados ante el cierre inminente de la presa) por un otoño precoz, y me lo repitió dos veces, una en la residencia, el día en el que Teresa nos dejó en ella, y la otra ya en el hospital, poco antes de morir. Se ve que no se fiaba de que cumpliera lo prometido, dado lo que para mí supone. Y para él. Sin ser tan religioso como yo, Domingo jamás hubiera pensado en que lo quemaran de no haber sido por la imposibilidad de regresar a Ferreras de cuerpo entero a reposar para siempre junto a los suyos.

También había nacido allí. Cinco años antes que yo, por lo que me vio crecer e incluso me tuvo en brazos alguna vez, según me contó mi madre, pues vivíamos puerta con puerta. Tal vez por eso nos hicimos novios muy jóvenes y jóvenes nos casamos, yo más que él, evidentemente. Nunca conocí a otro hombre. No tuve tiempo de ello. Domingo ha sido para mí no sólo mi marido y el padre de mis hijos, sino el mío también en cierto modo. A la prematura desaparición del verdadero se unían mi inexperiencia y su mayor edad y determinación. Y ahora me ha dejado sola.

Cierto que tengo a mis cuatro hijos. Y a mis nietos, algunos de los cuales me acompañan también esta mañana en este extraño regreso a Ferreras; mejor dicho: al lugar más cercano al pueblo al que el pantano permite llegar cuando está lleno. Ellos ya no lo saben, pero por aquí, por estas verdes praderas en las que ahora pastan vacas ajenas, ganado perteneciente al arrendatario que ha alquilado estos montes al Estado, su propietario desde que se los expropió a los pueblos, pastoreé yo las de mi familia y luego las mías propias cuando Domingo y yo pudimos tenerlas. ¡Cuántas veces me senté por aquí a mirarlas mientras pacían sin imaginar que algún día todo esto desaparecería bajo las aguas de un gran embalse, y mucho menos que volvería pasado el tiempo junto a los míos a traer las cenizas de Domingo, entonces tan joven y tan robusto que la muerte era inimaginable en él!

Pero llegó. Llegó como llega todo: la madurez, la vejez, las desgracias, las cosas malas y buenas... Porque no todo fueron desgracias en nuestra vida. Al margen de nuestro destierro y de las muertes de Valentín, al que la vida nos lo arrebató tan pronto, y de nuestros respectivos padres y algún hermano, éstos principalmente de un tiempo acá, el resto de nuestra vida ha sido bastante bueno, entre otras cosas porque siempre permanecimos juntos. Incluso en la residencia, donde ingresamos a regañadientes, llevados por la necesidad más que por nuestro deseo

(Domingo ya no podía quedarse solo: había empezado a perder la cabeza), el estar juntos nos animaba y nos protegía de la soledad de fuera. Pero ahora él ya no está y yo me siento como una huérfana, como cuando se murió aquel padre al que conocí muy poco pero al que he recordado toda mi vida quizá precisamente por eso.

Está ahí abajo enterrado. En el fondo de este lago que cubre el valle hasta donde puede (nevó mucho este invierno, según dicen), junto a los otros muertos de Ferreras y de las demás aldeas sumergidas, unas enteras —las más cercanas al río— y otras convertidas ya en un osario de piedras tras su demolición completa antes de que las inundara el pantano por su proximidad a lo que iba a ser su orilla, lo que podría provocar algún accidente cuando el agua descendiera de nivel, que fue el caso de Ferreras. Por suerte yo no lo vi, pero me dijeron que un año de gran sequía reapareció del todo (otras lo hacen cada verano) y que apenas se distinguían ya sus contornos después de décadas bajo el agua y con el lodo cubriendo sus antiguas piedras.

Allí quiere regresar Domingo. Convertido en despojos como el pueblo, quiere volver a donde nació y donde fue feliz hasta que nos fuimos obligados por una circunstancia que jamás habríamos podido imaginar antes de que nos la anunciaran. Recuerdo perfectamente el día en que yo la supe. Fue Domingo el que me la comunicó una mañana mientras comíamos. Acababa de escuchar la noticia en el bar de Vegamián, adonde había bajado a llevar la leche. Al parecer, lo decía el periódico. Ya no era aquel rumor que intermitentemente cobraba fuerza entre los vecinos desde hacía años, incluso desde antes de que yo naciera, según decía mi abuela, que, a fuerza de haberlo oído, ya no lo tomaba en serio, sino una noticia inequívoca: el periódico decía que el Gobierno había aprobado las expropiaciones. Me acuerdo de que ese día, cuando después de comer me asomé a la calle, había un silencio extraño en el pueblo.

Aquel silencio dio paso pronto al ruido de los camiones y de las excavadoras que comenzaron a perforar la peña del congosto donde se levantaría la presa. Luego, vinieron las carreteras, los túneles y las demoliciones y, aunque la vida siguió unos años como hasta entonces, el silencio nunca regresó a los pueblos, cuyos vecinos veíamos progresar aquellas obras con temor, sabedores de que su final marcaría también el nuestro en este lugar. Un final que sería aún más triste del imaginado, puesto que, aun esperado y sabido, nos cogió por sorpresa a todos, ya que, acostumbrados a ver avanzar las obras en torno a nosotros durante años, llegamos a creer que nunca se terminarían.

Es lo mismo que me ha pasado a mí con Domingo. Acostumbrada a tenerlo siempre a mi lado ofreciéndome seguridad y dándome la confianza y el ánimo que a veces necesité para poder seguir adelante en la vida, llegué a pensar que nunca me faltaría, como me ocurrió antes con mis padres. Pero se ha muerto. Se ha muerto y no volverá ya más a acompañarme en nuestros paseos, en las comidas de la residencia, en la cama de nuestra habitación, que hemos seguido compartiendo, por suerte para los dos, como durante más de sesenta años hicimos, primero en nuestra casa de Ferreras y luego en la de la laguna. Durante todo ese tiempo su cuerpo se ha acostado cada noche junto al mío, sus ojos se han abierto y se han cerrado prácticamente a la vez que los míos, sus sueños se han confundido con los que yo soñaba. Tras tantos años durmiendo juntos (y aunque hace muchos ya que no teníamos relaciones), su cuerpo y el mío se acostumbraron el uno al otro y ahora al mío le va a costar aprender a dormirse solo. Y a caminar. Y a vivir. Y hasta a reconocer esa habitación que compartiré con otra persona cuyo cuerpo será desconocido para el mío igual que el mío para él.

¡Cuántos años, Dios mío, ya han pasado desde el día en que Domingo me llevó al bar de Las Cuevas, donde hacían baile todos los sábados! ¿A quién podría contarle ahora la emoción que yo sentía aquella tarde y la que sentí al volver, ya de noche, los dos andando por el camino de Vegamián? ¿Cómo confesarle a nadie que desde entonces todo ha sido desandar aquel camino bordeado de espinos y de avellanos que hoy es sólo un recuerdo bajo el agua de este lago en el que Domingo reposará en seguida? Junto a sus padres. Junto a los míos. Junto a ese hijo al que no llegamos a ver crecer, pues se nos murió muy pronto, y que se quedó esperándonos todo este tiempo mientras nosotros íbamos de un lado a otro gastando nuestras fuerzas y la vida en el trabajo de volver aquí.

Domingo lo hace hoy, y yo espero no tardar mucho en seguirlo.

Teresa

No me extraña que mi madre se emocione cada vez que ve estas montañas, cuánto más hoy, que venimos a lo que venimos. Me pasa a mí, que las dejé de ver con dieciséis años, cuando nos trasladamos a vivir a Palencia...

Lo recuerdo como si fuera ahora. Recuerdo las despedidas de los vecinos que aún resistían en Ferreras esperando a que el cierre de la presa los echara, algo que se anunciaba para muy pronto (ya habían talado todos los árboles y se decía que iban a cortar la luz), y la partida desde la casa en aquel camión en el que íbamos toda la familia además de los animales y de nuestras pertenencias. Como los gitanos, decía mi madre cuando veía a otros vecinos del pueblo partir hacia su destino antes de que nosotros los secundáramos.

La víspera de nuestra marcha la recuerdo también con nitidez. Con todo ya recogido, preparado y apilado en el corral junto con las herramientas y algún apero de labranza (todos no podíamos llevarlos), la casa parecía un almacén en el que nuestras voces formaban eco. Dormimos todos en la cocina. Mis padres en un colchón en el suelo, con Virginia y Agustín entre los dos, y Toño y yo en el escaño. Antes habíamos cenado en casa de tía Balbina (¡qué pronto se moriría la pobre!) y después de cenar pasamos por las tres casas que aún permanecían abiertas a despedirnos de los que se quedaban. De todos modos, al día siguiente, por la mañana, todos estaban ante la nuestra para ayudarnos a cargar las cosas y para despedirnos cuando por fin nos fuimos. Era una escena que se repetía a menudo en aquellos días y cuya imagen me vuelve a veces en sueños llenándome de dolor, como les pasará, imagino, a los judíos que sobrevivieron a los campos de concentración nazis en la Segunda Guerra Mundial.

Lo que a nosotros nos esperaba al final del viaje, que duró prácticamente el día entero (las carreteras entonces no eran como las de ahora), no era un campo de concentración, pero se le parecía. Aquellos barracones de uralita que habían alzado para acogernos mientras se construían nuestras viviendas me parecieron, sin haberlos visto aún (el cine tardaría todavía en conocerlo y la televisión igual), pabellones de un campo de concentración más que lugares donde poder vivir dignamente. De la misma manera en que la imagen de mi padre cerrando con la llave nuestra casa de Ferreras y guardándola en el bolsillo cuando terminamos de cargarlo todo (como si no supiera que en poco tiempo el agua iba a sepultarla) me volvió a la memoria cuando leí que algunos judíos españoles, cuando tuvieron que irse al exilio, conservaron durante generaciones las llaves de sus casas en España por si algún día les permitían volver.

¡Pobre padre, cuánto le tocó pasar! Lo recuerdo siempre de un lado a otro atendiendo a las mil faenas que tanto aquí, en la montaña, como en la laguna le ocupaban el día entero, aquí por lo dificultoso del terreno y allí por su inmensidad. Aunque en seguida la salinidad del fondo (la sal de los carrizales, que afloró tras la desecación) comenzó a mermar las cosechas, en la laguna las fincas eran tan extensas que mi padre apenas si daba abasto para atenderlas, en especial al principio. Menos mal que Toño y yo pudimos ayudarle pronto, yo por muy poco tiempo, desgraciadamente.

Como mi madre, también me casé muy joven. No es que me arrepienta de ello, pero, si volviera atrás, no lo haría. Y no sólo por perder la juventud tan pronto, que entonces no me importó, tan enamorada estaba de Miguel, sino por haber vivido más con mis padres. Me habría gustado disfrutar más de su compañía, haber podido ayudarlos más, haber contribuido con mi trabajo y mi esfuerzo a levantar la casa y las hipotecas que tuvieron que firmar para poder salir adelante. El dinero de las expropiaciones apenas si les llegó para comprar los nuevos terrenos, que hubieron de pagar religiosamente a su propietaria, una marquesa que era la dueña de la laguna pese a que nadie la había visto nunca por allí.

Pero mi vida fue como fue. Y ahora ya es tarde para cambiarla. Me queda, eso sí, el consuelo de que, aun casada y con mi propia familia que atender, los he ayudado cuanto he podido, sobre todo en estos años en los que, jubilados ya, se habían quedado solos en casa con Agustín. Incluso ahora, en la residencia, he estado pendiente de ellos y los he ido a ver cada poco, al menos más que sus otros hijos.

¿Cómo no hacerlo con lo que les debemos? Gracias a ellos hemos podido ser lo que somos, que no es poco dadas las dificultades que nos tocó vivir en muchos momentos. Sobre todo al llegar a la laguna para emprender una nueva vida en un territorio extraño y junto a gente a la que desconocíamos. Pero nos adaptamos. Incluso con el tiempo llegamos a tener más relación con nuestros nuevos vecinos de la laguna que con los que teníamos en Ferreras, incluidos algunos familiares. Al fin y al cabo, con aquéllos nos unían el desarraigo y la necesidad de seguir viviendo, olvidando para ello lo que habíamos dejado atrás. Yo lo conseguí muy pronto, pero a mis padres les costó más, pues ya habían vivido mucho para entonces. Se adaptaron al paisaje y a una nueva agricultura, se acostumbraron a su nueva casa y al pueblo que fue creciendo alrededor de ella (todas las construcciones iguales, todas pintadas de blanco y rojo, lo mismo que las escuelas y que la iglesia, como en las enciclopedias que yo estudiaba en Ferreras, todas las calles trazadas en línea recta), pero les costó habituarse a la nueva vida que, al trasladarse de un mundo a otro, se había abierto ante ellos. Es más, tengo la sospecha de que nunca llegaron a hacerlo del todo, de ahí su melancolía, que se llevaron con ellos incluso a la residencia.

Les costó mucho ir, pero lo hicieron. Yo se lo dejé muy claro: ya no podían seguir viviendo solos en la laguna. Los dos acusaban ya la edad (mi padre más, tanto trabajó en su vida), pero es que éste, además, había comenzado a dar síntomas de desvarío. Se pasaba las horas muertas ante la casa mirando el campo y en los últimos tiempos no reconocía a la gente. El médico dijo que lo mejor era que lo ingresáramos en un asilo. Mi madre, que se resistió al principio, se fue con él antes que dejarle solo. Llevaban demasiados años juntos como para abandonarlo ahora.

¿Qué será de ella a partir de hoy? La veo vestida de luto caminando entre nosotros en dirección al pantano cuya existencia la ha torturado la vida entera y me recuerda a esas viudas o madres de marineros que se asoman al mar que les robó a sus hijos o a sus maridos. En su caso, el pantano le ha robado sólo a un hijo, el que quedó enterrado en el cementerio cuando nos fuimos de nuestra aldea (yo ni siquiera lo conocí), pero dentro de unos minutos acogerá también el alma de su marido, ésta en forma de cenizas que devorarán los peces. Quizá es lo que ella está pensando en este momento. Para mi madre, que mi padre decidiera que incineraran su cuerpo para poder volver a donde nació ha sido algo que le ha costado asumir, aunque, como de costumbre, aceptó su decisión sin rechistar. Mi madre pertenece, como yo, a esa clase de mujeres acostumbradas a obedecer, primero a nuestros padres y luego a nuestros maridos. ¡Qué distintas de las jóvenes de hoy!

Mis hijas son, al contrario, las que lo deciden todo. Una porque está soltera y la otra porque es tremendamente independiente. Ni siquiera el matrimonio le ha hecho cambiar de comportamiento y no parece que vaya a hacerlo ya. Y a mí me parece bien. Pero mi madre, como yo, tiene otra mentalidad. Se la transmitió la suya, como a mí ella, cuando era niña y nunca la cuestionó. Por eso yo la comprendo mejor que el resto de mis hermanos. Al fin y al cabo, compartimos la misma idea de la familia y de nuestra posición en ella.

Recuerdo que, una vez, cuando cumplí los dieciocho años, me llevó de compras a Palencia. Fuimos en el autobús y durante todo el día anduvimos de un sitio a otro comprando ropa y zapatos para mis hermanos y un abrigo para mí. Mientras comíamos en un parque los bocadillos que había llevado de casa (salvo en alguna celebración, mis padres nunca comieron de restaurante; había que ahorrar cada céntimo), me comentó lo que yo ya sabía: que había llegado a una edad en la que pronto me saldría algún novio y que tenía que estar preparada para ese día. La preparación incluía, según parece, tener un abrigo nuevo y saber qué era lo que me esperaba el día en el que me casara: plegarme a la voluntad de mi marido y dedicarme en cuerpo y alma a cuidar de él y de mi familia. Como si lo hubiese pronosticado, aquel verano apareció Miguel.

Y, en efecto, en eso consistió mi vida: en cuidar de éste y de mis tres hijos mientras vivieron en casa, e incluso ahora, que ya no viven con nosotros. La labor de una madre no se acaba nunca, como he visto en la mía, que a sus ochenta y cuatro años sigue pendiente de todos, como si todavía dependiéramos de ella. Pero es ella la que depende ahora de sus hijos. Aunque se mantiene bien y la cabeza la tiene perfectamente (aún recita de memoria versos que aprendió en la escuela y es capaz de recordar con todo detalle sucesos de hace cien años), ya no se vale por ella sola por más que se empeñe en ello. Así que tendrá que seguir en la residencia salvo que alguno de mis hermanos se ofrezca a acogerla en su casa, algo que veo casi imposible.

Pero no es éste el momento de pensar en esas cosas. Éste es el momento de despedir a mi padre, que por fin va a descansar donde siempre deseó: junto a sus padres y su hijo primogénito, ese al que nunca olvidó por más que no hablara de él, en el lugar en el que nació. ¡Qué extraña es esa querencia que muchas personas sienten por los lugares a los que pertenecieron incluso cuando éstos han desaparecido, como es el caso del de mi familia! Cuántas veces he oído en la laguna a las personas mayores comentar su añoranza por unos pueblos a los que ya no pueden volver y su intención de hacerlo a pesar de todo, como mi padre, cuando estén muertos. A mí al principio me sorprendía, pero cada vez lo comprendo más. Aunque era una chiquilla cuando me marché de aquí, también yo sigo amando estos montes y este valle sumergido bajo el agua cuyo recuerdo cada vez es más borroso en mi memoria, pero que añoro a pesar de ello. De ahí la melancolía que siempre me invade al verlo, melancolía que ha ido en aumento con la edad.

Hoy, no obstante, esa añoranza está mezclada con la tristeza que arrastro desde hace días, desde que mi padre entró en coma para no volver a la vida más. Fue como se despidió de un mundo que a él siempre le pareció hostil, o por lo menos así nos lo transmitió a sus hijos. Para él todo eran peligros. Y en cierto modo yo lo comprendo. Conociendo lo que le tocó pasar, el desgarro que sufrió cuando tuvo que dejar todo su mundo, la incomprensión que también sufrió por parte de otras personas (alguna incluso de la laguna) que consideraban una enfermedad la nostalgia que sentía por aquél (como si tampoco tuviera derecho el hombre a echar de menos su tierra), cuando no una muestra de insolidaridad (por negarse al progreso de otras tierras, se supone), comprendo que el mundo le pareciera hostil y peligroso para sus intereses. Que no eran otros que su familia y sus propiedades en la laguna, a las que entregó la vida.

¡Cuántas veces, recuerdo, le oí desde la cama salir de casa con el tractor de noche aún en el horizonte! ¡Y cuántos días pasó trabajando de sol a sol y sin descansar apenas porque las faenas del campo así lo exigían! Entonces, aunque yo ya me daba cuenta de todo eso, no valoraba lo que él hacía, pues era lo que hacían todos en la laguna. Con el tiempo valoraría su esfuerzo, pero cuando era tarde para agradecérselo. Al menos para hacerlo de verdad, ayudándolos a él y a mi madre más de lo que lo hice.

Nunca me lo reprochó. Ni a mí ni a mis hermanos, pese a que motivos tuvo para hacerlo. Como me confesó aquel día en que lo acompañé a León a visitar a su hermano Juan, que estaba ya muy enfermo (mi madre no podía ir, tenía que cuidar de Agustín, que estaba también en cama), él lo único que había hecho era cumplir con su obligación, que era la de mantenernos. El tren corría por la llanura y al fondo se divisaban las crestas de las montañas tras las que estaba el valle en el que nació y al que nunca quiso volver para no verlo destruido.

Hoy ha vuelto, pero convertido en un montón de polvo. El que guarda esta urna de latón que yo he traído del crematorio y que es a lo que ha quedado reducido aquel hombre fuerte como estas montañas y silencioso como los bosques que las recorren, máxime desde que se quedaron solas. Antes, los hombres y los ganados al menos subían a ellas buscando leña o pastos más verdes y se escuchaban sus voces y sus esquilas en la lejanía. Pero, como mi padre ahora, el paisaje está mudo por completo. Sólo el sonido del agua, ese murmullo infinito, como de manantial sin fondo, que suena día y noche sin cesar desde que se cerró la presa y que recuerda lejanamente al del mar, bien que sin su energía profunda, se escucha en este lugar al que nadie acude ya salvo a contemplarlo desde los miradores. La gente que lo hace ni siquiera sabe muchas veces lo que debajo del agua se oculta ni la historia que se borró para siempre con la demolición del último de los pueblos que aquí existieron. De ahí que algunos exclamen mientras lo contemplan: «¡Qué bonito!».

Y qué triste, añado yo.

Miguel

La verdad es que es maravilloso. Siempre que lo vuelvo a ver me impresiona y eso que ya lo he visto un montón de veces.

Recuerdo cuando Teresa me hablaba de este paisaje antes de conocerlo. Era cuando éramos novios y paseábamos por Palencia las tardes de los domingos después del cine o por las carreteras de la laguna las tardes en que iba a verla por el verano. Entonces hablábamos más que luego y nos contábamos todos nuestros secretos y el de Teresa en aquella época estaba aquí, entre estas altivas peñas y estas montañas llenas de historia que ahora lo están de desolación. Y de soledad. Salvo en verano y hoy no lo es, la gente apenas se aventura por la carretera que sustituyó a la antigua, sumergida como todo bajo el espejo azul del embalse, y que comunica a los pocos pueblos que aún siguen vivos detrás de él a pesar de su aislamiento con la civilización. Que queda lejos, como la vida y como las ciudades a las que fue a parar la mayor parte de sus vecinos.

Teresa me ha contado muchas veces cómo era la vida aquí antes de que eso ocurriera. Y mis suegros también, con mucho más conocimiento, lógicamente, que ella. Pero es difícil imaginarlo a la vista de la desolación que hoy cubre este territorio por más que uno sepa que en tiempos estuvo lleno de aldeas y éstas, a su vez, de gente. Porque, aunque mi pueblo también la sufrió, la emigración no fue, como aquí, total, o casi total (en los pueblos que sobrevivieron). Entre la gente a la que expulsó el pantano y la que se marchó después al quedarse éstos aislados, aquí la población se ha reducido a su mínima expresión, incluso hay alguna aldea en la que sólo vive un vecino, o ninguno, en el invierno.

¡Qué duro debe de ser vivir en esa situación! Pero, conociendo a mis suegros, entiendo perfectamente que alguien lo haga. Tanto es el apego que las personas de estas montañas sienten por ellas y que es el que a mi suegro le ha llevado a disponer que traigamos al pantano sus cenizas. Y aquí estamos, cumpliendo con su deseo y con la obligación que él mismo se impuso de regresar cuando ya no pudiera hacerlo por su propio pie, algo a lo que siempre se negó en vida.

La verdad es que mi suegro era un hombre testarudo. Como dijera a algo que no, no había quien le hiciera cambiar de idea. Y al revés: como se comprometiera a algo, podías estar seguro de que no te iba a traicionar. En eso era un hombre serio, de esos para los que la palabra vale lo mismo que un documento. Por eso pienso lo que debió de ser para él, habituado como estaba a vender el producto de sus cosechas y a mercadear ganado con la palabra como garantía, enfrentarse a la lluvia de documentos, contratos y certificaciones que con las expropiaciones de estos terrenos, primero, y la compra de las tierras y de la casa de la laguna, después, tuvo que afrontar un tiempo. Ni mi suegra ni él estaban acostumbrados a ello, como la mayoría de los que aquí vivían.

Él mismo me contó más de una vez cómo había sido su vida desde que, siendo todavía un niño, comenzó a trabajar con sus padres (antes lo hizo con unos tíos, en otra aldea cercana que también anegó el embalse) hasta que se fue de aquí con cuarenta y cuatro años y cuatro hijos pequeños para empezar una nueva vida en otro lugar. En el medio hubo de todo: el hambre de la posguerra y los encuentros con los huidos que aguantaron por estas sierras hasta bien entrados los años cuarenta y con los que topó más de una vez según decía, la mili en África y el regreso al pueblo, la boda con mi suegra y el nacimiento de sus cinco hijos, el mayor de los cuales murió con sólo dos años (los que ahora tiene mi nieto), el comienzo de las obras del pantano y de la dispersión de toda la gente... Que fue lo que más le afectó a él. Más que la destrucción del valle y de las aldeas, a mi suegro, según él mismo me confesó una vez, lo que más le afectó de todo fue tener que separarse de la gente que habían sido sus vecinos desde siempre.

En la laguna tuvo otros nuevos, alguno incluso procedente de aldeas de estas montañas (gente a la que conocía, por tanto), pero él nunca los consideró como tales del todo, pues se sentía de paso en el nuevo pueblo. Aun con su casa y sus propiedades en él y con sus hijos integrados ya en la nueva sociedad surgida en lo que en tiempos fuera un desierto, mi suegro siguió siempre considerándose un extraño allí. Cuando yo lo conocí, acababa prácticamente de llegar e imaginé que sería por eso. Pero pasaron los años y seguía igual: encerrado en sus recuerdos y ajeno a lo que ocurría a su alrededor, salvo a lo que afectaba a sus propiedades y a su familia. Conmigo, sin embargo, siempre fue bastante amable. Desde que me comprometí con Teresa y comencé a frecuentar su casa (incluso antes, cuando aún no me atrevía a entrar en ella por respeto), mi suegro se mostró hospitalario conmigo, aunque al principio marcara las distancias, como es lógico. Al fin y al cabo, pertenecía a una mentalidad que yo conocía muy bien, pues era la misma que la de mi familia.

Con los años, le llegué a tomar afecto. Como él a mí, pese a que nunca me lo demostró del todo. No era su estilo, ni su naturaleza. Sé que me agradecía mi ayuda, especialmente cuando, recién casado con Teresa, iba todos los domingos a ayudarle, ya fuera con la cosecha en el verano, ya fuera con otros trabajos en el invierno. Entonces, Teresa y yo vivíamos en Palencia y la laguna nos quedaba cerca. Después, cuando nos mudamos a Valladolid y nuestras visitas se espaciaron a la fuerza (no sólo por la distancia, sino porque nuestros hijos se iban haciendo mayores y tenían sus propios compromisos ya), yo seguí yendo cuando me necesitó, sobre todo en el verano, que era cuando más trabajo tenía. Pero una cosa es el agradecimiento y otra el cariño, un sentimiento que va más allá de aquél y que él nunca me demostró abiertamente a pesar de que sé que me lo tenía. Cariño y confianza en mí. Siempre que tenía un problema me pedía mi opinión, incluso antes que a sus propios hijos.

Con Teresa también tenía mucha confianza. Quizá porque era su hija mayor, o por su carácter, muy parecido al de mi suegra, a la que se parece mucho. De hecho, siempre han estado muy unidas, incluso ahora que aquélla vive en la residencia. Teresa la llama todos los días sin fallar uno, y cada dos fines de semana vamos a Palencia a verla. Ahora, quizá, todos los fines de semana, puesto que la pobre se ha quedado sola.

¡Qué duro debe de ser quedarse solo definitivamente! Quiero decir: qué difícil ha de ser, después de toda una vida dedicada a sus hijos como mi suegra, ver cómo éstos se van y que te quedas solo definitivamente. En los últimos años a Teresa y a mí nos pasó lo mismo, pero por lo menos nosotros seguimos juntos. Mis suegros lo estuvieron hasta ayer, mas a partir de hoy mi suegra tendrá que aprender a vivir sola.

Recuerdo perfectamente el día en que la conocí. Yo había llegado a la laguna para buscar a Teresa, con la que salía ya desde hacía seis meses (a pesar de lo cual aún no conocía a sus padres), y de repente me topé con ella. Salía de casa cuando yo llegaba. Me miró un instante sin detenerse (sabía perfectamente quién era yo) y siguió calle abajo en dirección a la iglesia, en la que las campanas llamaban al rosario o a la novena de alguna Virgen, quizá la de Ferreras, cuya imagen había llevado ella misma hasta la laguna para evitar que alguien la robara cuando no quedara nadie en el pueblo; lo sé porque me casé ante ella. A mi suegro tardé en conocerlo aún. Ya llevaba más de un año cortejando con Teresa cuando ésta consideró que había llegado el momento de presentármelo.

Lo recuerdo como si fuera hoy: sentado en el banco de la cocina (el escaño, como lo llamaban ellos; hasta el vocabulario guardaban de estas montañas allí, tan lejos), ni siquiera me invitó a que me sentara. Tan sólo me dio la mano. Mi suegra, mientras tanto, contemplaba la escena sin intervenir y Teresa, muy nerviosa, permanecía callada también. Así que se creó un silencio embarazoso. Menos mal que mi cuñado Toño, al que conocía ya, apareció de pronto y me saludó, momento que Teresa aprovechó para decirle a su padre que yo me tenía que ir, pues había de regresar en moto a Palencia y se estaba empezando a hacer de noche.

¡Cuántas veces he recordado esa escena y cuántas me he reído con ella contándosela a mis hijas cuando éstas me presentaron a sus respectivos novios! A ellas les parecía increíble que algo así me hubiese sucedido con su abuelo y más viéndonos siempre tan unidos. Porque mi suegro y yo llegamos a ser amigos. Aun manteniéndole yo el respeto que el parentesco y la diferencia de edad me exigían, yo por lo menos le llegué a considerar un amigo y como tal le traté todos estos años. Por eso he sentido tanto su muerte. Por eso y por lo que significa para Teresa y para mis hijos, para los que su padre y su abuelo ha sido, más que un padre y un abuelo, el vínculo con una memoria, la de este valle sumergido del que todos ellos proceden pese a que mis hijos nacieran lejos ya.

Iván no está aquí para despedirlo (acababa de volver a Nueva York cuando mi suegro ingresó en el hospital), pero Raquel y Susana sí. Junto a su madre miran el valle como yo ahora, sobrecogidas por su espectacularidad, pero también, supongo, por la emoción que han de sentir en este momento. No es para menos: dentro de poco su abuelo reposará para siempre en él.

Susana

Tengo hambre.

Desde que desayunamos en Valladolid no he vuelto a probar bocado y ya han pasado unas cuantas horas. Las que hemos tardado en recorrer los doscientos kilómetros que separan Valladolid de Palencia, primero, y Palencia de este valle de León en el que tengo parte de mis raíces, si bien ningún recuerdo de él. Tan sólo los de mi madre y alguno de mis abuelos, sobre todo de mi abuela, pues mi abuelo no hablaba mucho de este lugar. Se ve que no le gustaba recordar lo que ya había desaparecido.

Ahora el que ha desaparecido es él. Como vivió: sin quejarse apenas ni molestar a sus hijos más que lo imprescindible. Se ve que este paisaje le marcó y que, como estas montañas, era duro y silencioso.

Impresiona contemplarlo, la verdad. Salvo el ruido de algún coche al circular por la carretera, no se oye nada a esta hora, sólo nuestras pisadas sobre la hierba. Las de mis padres, las de mis tíos, las de mi hermana, las mías propias... Mi abuela pisa tan suave, quizá por la costumbre o la emoción, que ni siquiera produce ruido al hacerlo. Se diría que flota más que camina por la ladera.

Tiene algo fantasmal esta mañana. Vestida de negro de arriba abajo, su silencio y su expresión ausente (como de viuda griega, dijo mi hermana al bajar del coche) la asemejan más a un fantasma que a una mujer real. Pero lo es. Tan real como yo misma, aunque entre las dos haya una distancia inmensa. La que separa a una anciana cuya vida se detuvo en el pasado para siempre de una mujer como yo, que piensa que aquélla comienza todos los días, al menos hasta este momento. Pese a lo cual nos llevamos bien, quizá porque fui su primera nieta y —sospecho— su preferida por ese motivo.

Del abuelo también lo fui cuando era una niña. Me llevaba con él de paseo y me subía al tractor cuando iba al pueblo de vacaciones, cosa que a mí me gustaba mucho: contemplar el paisaje desde allá arriba, sentada en la cabina junto a él o en el remolque, encima del trigo, me hacía sentir como una cometa sobrevolando la llanura infinita de los campos. ¡Qué diferente de este lugar, en el que una se siente tan poca cosa enfrentada a estas montañas que parecen cortar el cielo con su perfil!

La primera vez que las vi tendría siete u ocho años y, como a mis hermanos, me sobrecogió mirarlas. Sabía que eran muy grandes, que sus perfiles silueteaban el valle entero pero también el cielo, fundiendo ambos en el embalse, porque mi padre me lo había contado muchas veces (mi madre hablaba más de otras cosas: de las casas sumergidas y arruinadas de Ferreras o de la iglesia de Vegamián, cuya torre asomaba en ocasiones mientras se mantuvo en pie), pero una cosa era imaginarlas y otra tenerlas enfrente como las tengo ahora de nuevo. Ni en sueños podría pintar un paisaje como éste, tan hermoso y tan desolador a un tiempo.

Hermoso lo es como pocos otros. Independientemente de que una esté acostumbrada al de la meseta y, más que al de ésta, al de Valladolid, que es donde he vivido toda mi vida, este paisaje te impacta por su espectacularidad y por la variación continua de sus colores y de sus luces. No es lo mismo verlo ahora que en otoño, o en el invierno, cuando la nieve lo unifica todo. Ni siquiera verlo ahora o a mediodía, o al atardecer, cuando el sol se pone. Las luces cambian a cada hora y los colores con cada estación, por lo que el paisaje está en transformación constante.

Pero sobrecoge un poco. O mucho, depende del momento y de las circunstancias climatológicas, que cambian continuamente también, pues aquí el tiempo es muy inconstante. A mil metros de altitud y con la cordillera al lado, las nubes llegan a tocar el suelo y, cuando no, se agarran a las montañas sumergiendo el paisaje en una niebla que el vapor del embalse hace aumentar además. Recuerdo una vez que vine (con Óscar, para enseñárselo: acabábamos de conocernos hacía muy poco) en que apenas si pudimos verlo, pues la niebla lo ocultaba todo.

Esta mañana, por suerte, el cielo está despejado y las montañas parecen calcomanías de tan perfectas y dibujadas como se ven. Nada diría que es un día triste de no ser por mi familia, cuya imagen andando en grupo campo a través por esta pradera que desciende suavemente hacia el embalse desde la carretera que lo bordea cruzando túneles y viaductos y que aparece y desaparece detrás de cada revuelta como si fuera una gran serpiente obligada por la orografía del monte debe extrañar a quien la contempla. Quien no sepa qué estamos haciendo aquí pensará que nos hemos confundido, pues no se ve ningún mirador ni ningún merendero cerca. Al contrario, ni siquiera hay árboles en la orilla como en otras zonas del pantano.

Pero es donde la abuela ha querido. O, mejor dicho, donde el abuelo dejó dispuesto que arrojáramos al agua sus cenizas, pues es el lugar más próximo a donde estaba el pueblo en el que nació. A unos doscientos metros de la orilla y a unos treinta de profundidad. Gracias a ello, hoy sus ruinas están cubiertas del todo, aunque a mi madre le habría gustado verlas seguro.

Últimamente, mi madre parece contagiada por la nostalgia de mis abuelos y de sus vecinos, quizá por la decadencia de éstos, que la muerte del abuelo ha venido a confirmar. Parece como si su deterioro físico, su cercanía a la desaparición, hubiese despertado en ella una nostalgia de sus orígenes que nunca antes había tenido, o por lo menos no de una manera tan evidente. Cierto que siempre añoró su pueblo, que a sus hijos nos contó un millón de veces cómo fue su infancia en él y el desgarro que le supuso tener que dejarlo atrás, pero de ahí a la melancolía que ahora demuestra por ello hay diferencia. De un tiempo acá, sin embargo, mi madre cada vez habla más de este lugar; debe de ser cosa de la edad. O de la soledad, pues, desde que mi hermano Iván se marchó de casa, mi padre y ella se han quedado solos y yo no los voy a ver tanto como ellos quisieran. Y me lo recriminan. Sobre todo, porque conmigo llevo a Martín, su primer y único nieto por el momento.

(Por cierto: ¡espero que a Óscar no se le olvide ir a buscarlo a la guardería! He intentado recordárselo hace un rato, pero no me ha cogido el teléfono. Seguramente estaría ocupado. Pero me intranquiliza. Martín es tan pequeño que no quisiera que se quedara más tiempo del habitual en la guardería. Se extrañaría de no verme y comenzaría a llorar. Al menos estando con su padre se sentirá mejor y más protegido.)

Qué pena que Martín no pueda conocer ya a su bisabuelo, al hombre al que hoy vamos a dejar aquí, en el lugar en el que nació y en compañía de sus antepasados. Y de su hijo. Un niño que murió con la edad de Martín ahora sin que mis abuelos supieran muy bien de qué. En aquel tiempo, la medicina no estaba tan avanzada como lo está hoy. Y menos en estos pueblos, donde, según mi abuela, el médico era un personaje al que había que ir a buscar muy lejos y pagar en consecuencia. El caso es que aquel niño se murió y su cuerpo quedó aquí, bajo el inmenso volumen de agua que lo sepulta no sólo a él, sino al valle entero. Y a las seis o siete aldeas que el embalse borró de su superficie como si fueran flores de primavera. Una de ellas, la de mis abuelos, que la abandonaron para no volver.

Debe de ser muy terrible sufrir ese desgajamiento. Por mucho que una lo imagine (y por más que yo le haya oído contarlo a mi abuela un millón de veces), es difícil ponerse en el lugar de esas personas a las que un día les dicen que tienen que abandonar el sitio en el que han vivido toda su vida. Y más tratándose de personas aferradas a sus lugares de origen como lo son todos los campesinos. Es muy distinto del caso de los que nacimos ya en la ciudad, y más si, como me ocurriera a mí, hemos vivido en dos diferentes: en Palencia primero, hasta los diez años, y en Valladolid después. Si a mí misma me costó dejar la mía, a la que iba a poder volver siempre que quisiera, pues está cerca de Valladolid, cuánto no le costaría a mi madre y no digo ya a mis abuelos salir de su pueblo sabiendo que jamás iban a volver a verlo. Quiero decir, a verlo como era entonces y como lo recordarían toda su vida.

Porque mis abuelos lo han recordado siempre como era antes de la inundación. Incluso mi madre, que era muy joven cuando se fue (y que ha vuelto aquí muchas veces y ha visto el valle inundado otras tantas), recuerda este lugar, cuando se refiere a él, lleno de vida y no como ahora lo vemos. Un lugar que desde aquí debía de ser aún más hermoso que esta mañana, con el río y los arroyos discurriendo por sus cauces entre prados, igual que las carreteras y los caminos, y con los tejados de las aldeas pintando de rojo oscuro el verde intenso de la vegetación. Lo sé porque he visto fotos y porque conozco algunas de las aldeas que aún sobreviven detrás del valle y por las que se ven viniendo hacia aquí; todas semidespobladas, salvo Boñar, que es la más grande de la comarca. No me extraña que mi abuelo nunca quisiera volver a ver este sitio.

¡Qué personaje mi abuelo! ¡Y qué carácter tenía el buen hombre! Siendo bueno, que lo era, y cariñoso con los que quería, era a la vez muy cerrado, incluso huraño en muchos momentos. Aunque yo creo que era así por timidez. De hecho, no se comportaba igual con quien tenía confianza, como era yo, que con quien conocía menos, como era el caso de Óscar. Tardó tiempo en aceptarlo, como si desconfiara de sus intenciones.

Pero, cuando te cogía cariño, era el hombre más generoso del mundo. Te daba todo lo que tenía, y más si eras su nieta, como yo. Y la primera, además. Aunque seguramente él hubiera preferido un nieto para enseñarle a conducir el tractor y a labrar la tierra, conmigo fue un verdadero abuelo, paciente y tierno a la vez. Incluso sorprendía a sus vecinos, que lo veían tan cariñoso conmigo que les costaba reconocerlo. Algunos hasta le gastaban bromas que él aceptaba de mala gana, pues era un hombre muy orgulloso.

Y lo fue hasta que se murió. Quizá ello le salvó de sucumbir cuando las cosas se le torcieron, y mucho, en algún momento, pero también le complicó la vida (a él y a toda su familia) cuando, considerando que alguien o algo no era como debía, se cerraba en su opinión y no cedía un centímetro por más que eso le perjudicara. Él prefería —decía siempre— perder de su derecho a tener que mendigarlo discutiendo.

Eso me gustaba de él. Como me gustaba la forma en que trataba a toda la gente, siempre con educación. Incluso con aquellos a los que les reprochaba algo (normalmente relacionado con su actividad: algún problema de riego con los vecinos o de turnos de entrega en la Azucarera, por ejemplo) era educado y respetuoso, pues así se lo enseñaron sus padres, solía decir. Lo que no me gustaba de él era su machismo, aunque comprendo que también eso se lo enseñaron en casa, aparte de que la abuela se lo reforzase luego como mi madre ha hecho con mi padre.

Pero todo eso ha terminado ya. Su machismo y su mirada de hombre bueno y generoso. Su orgullo y su melancolía. Su gentileza y su lucidez y su disposición a ayudar a todos, incluso cuando la artrosis comenzó a debilitarlo y a postrarlo, a él, que nunca se había sentado salvo para comer y por poco tiempo. Siempre tenía qué hacer y, cuando no, lo inventaba él mismo. Por eso —pienso ahora— debió de ser muy duro para él el tiempo que pasó en la residencia sin otra cosa que hacer salvo pasear y esperar las horas de las comidas viendo la televisión. Menos mal que no fue mucho. Pese a lo cual, me arrepiento hoy de no haberlo visitado más. Cierto que tengo la excusa de que mi hijo me absorbe todo el día y de que Óscar no puede acompañarme casi nunca (cada vez tiene más trabajo), pero eso no es una justificación. Y más con unas personas —mi abuela y él— que siempre me recibieron con gran cariño, incluso cuando cumplí años y dejé de visitarlos con la frecuencia con que lo hacía cuando era adolescente. Hasta tres meses llegué a pasar con ellos por el verano, además de las vacaciones de Navidad.

Pero la vida lo complica todo. La vida y nosotros mismos, que en seguida relegamos y olvidamos a las personas a las que más queremos en favor de otras menos importantes. Luego nos arrepentimos.

Perdóname, abuelo, por haberlo hecho. Sabes que te quiero mucho y te prometo que vendré a traerte flores siempre que pueda a tu valle, que ya es el mío gracias a ti.

Raquel

Me gustaría identificarme con este sitio. Me gustaría sentir lo mismo que mi madre y que mi abuela al contemplar este paisaje majestuoso en el que tanto una como otra vieron la luz y comenzaron a mirar el mundo. Debe de ser impactante saberse de un sitio así. Por lo menos más que de cualquier ciudad, como me sucede a mí.

Aunque, a decir verdad, yo no me siento de ninguna parte. O, mejor dicho, me siento de todas, pero de ninguna más que de otra. Y de la que menos de Valladolid, donde viví hasta que me fui a Madrid huyendo de una ciudad que cada vez se me hacía más aburrida. Hay lugares que pesan como la culpa.

Pero de aquí no me importaría sentirme. Y, en cierto modo, podría hacerlo, pues tengo sangre de estas montañas. Sangre de nieve y de bosques viejos, que es la que corre por las venas de mi madre y de mi abuela y la que corría por las del abuelo. Y que explica muchas cosas sobre él.

Mi padre dice que el abuelo era un hombre peculiar. Yo pienso que más que eso. Pienso que era de otra cultura y que eso se lo transmitió a sus hijos. Porque mi madre también lo es. Y a mí me gustaría serlo tal vez, pero para ello necesitaría entenderla. Y eso no es fácil, aunque lo parezca.

Quizá tendría que visitar más estas montañas. Quizá, ahora que el abuelo va a descansar para siempre aquí, debería venir cada cierto tiempo para empaparme del alma de este lugar que emociona al que lo mira independientemente de lo que le una a él. Al menos eso imagino yo sin saber si es así en la realidad. Quizá haya gente a la que no la emocione en absoluto, como a mí me sucedió durante bastante tiempo, hasta que comencé a entender ciertas cosas. Durante años yo pensaba que mi madre y mis abuelos eran unos nostálgicos empeñados en serlo más que de auténtico sentimiento. Pero hubo un momento en el que comprendí que éste era de verdad. Tan de verdad como estas montañas y como estas peñas calizas que rodean el pantano con sus crestas y se reflejan en él cuando está tranquilo. Lo comprendí cuando vi a mi abuela, una vez en que la acompañé en mi coche, llorar al verlas aparecer en el horizonte y a mi madre humedecérsele los ojos sin atreverse a hacer lo mismo que ella. Y ahora me lo confirma mi abuelo con su decisión de regresar como Ulises a su Ítaca natal, aunque sea ya en forma de ceniza. Al fin y al cabo, lo importante es regresar, no para qué ni cómo.

Para mí, el abuelo fue eso toda su vida: un Ulises campesino y provinciano cuyo sueño era volver al sitio en el que nació por más que nadie lo esperara en él. Cierto que bajo el pantano reposan los huesos de sus familiares y los fantasmas de los que murieron lejos (una vez leí en un libro que, cuando a una persona la entierran lejos de donde quisiera serlo, el cuerpo y el alma se le separan y el alma vuela hacia ese lugar, quedando así divididos), pero lo que también es verdad es que aquí no hay nadie que le pueda rezar una oración siquiera cuando nosotros volvamos por donde hemos venido. Pero se ve que a mi abuelo eso no le importó. Él, como Ulises, lo único que quería era regresar a casa y para ello pasó por alto que su Ítaca natal no existía más y que su Penélope estaba con él, acompañándole como siempre hizo. Como una sombra fiel, como una prolongación de su propio cuerpo.

Mi abuela sí que me da más pena. Al fin y al cabo, mi abuelo, aparte de que ya no sufre, ha conseguido lo que quería: volver a donde nació, pero mi abuela se enfrenta ahora a la soledad, que en su caso es más dura que la de Penélope. Pues su Ulises ya no va a volver. Su Ulises ha partido para siempre y sus cenizas son lo único que le queda. Unas cenizas que pronto se tragará el pantano también, como la mayoría de las cosas que mi abuela quiso y seguirá queriendo.

Recuerdo que, cuando yo era niña, me dormía, cuando iba a la laguna en vacaciones, contándome cuentos que me fascinaban. Eran cuentos muy antiguos, pues se los habían contado a ella también cuando era niña como yo entonces. En la penumbra de la habitación, con la puerta entreabierta para que entrara un poco de luz del pasillo, yo me envolvía en las sábanas y, con los ojos inmensamente abiertos, escuchaba aquellas historias de hombres errantes, de animales que hablaban y actuaban como los humanos, de muertos que regresaban desde sus tumbas para reclamar sus bienes, de tesoros y de fuentes encantadas en las que habitaban hadas y personajes de fantasía. Para mí aquellas historias, en aquel tiempo, pasaban todas en este lugar, en este valle remoto y lleno de grandes bosques en el que, según mi abuela, todo era fabuloso y que, como yo no conocía aún, imaginaba cada noche de una manera distinta: a veces verde y lleno de gente y otras desértico y casi sin vida. De todos aquellos cuentos, el que recuerdo con más pavor (la mayoría de ellos eran de miedo, incluso los más inocentes) era uno que hablaba de una pareja que se perdía en una montaña en medio de una ventisca y que, al no encontrar el camino de vuelta, se convertía en un bloque de hielo y se quedaba para siempre así: caminando sin moverse de ese sitio. No sé por qué aquella historia me recordó siempre a mis abuelos, aunque jamás se lo comenté.

Ni se lo comentaré ya nunca. A él porque ya no está y a mi abuela porque se pondría a llorar. Últimamente mi abuela llora por cualquier motivo. Debe de ser cosa de la edad, o de la soledad, que te debilita mucho. Aunque yo también lloro con facilidad y soy joven todavía. Y, si estoy sola, es porque quiero estarlo (ya tendré tiempo de complicarme la vida como mi hermana cuando me parezca). Pero yo lloro por cosas muy diferentes: por una puesta de sol, por una escena de una película, por la música que suena en un bar de copas y que me recuerda a alguien... Mi abuela, en cambio, como mi madre, como la mayoría de las mujeres a las que conozco, con excepción de algunas de mis amigas, lloran siempre por sus hijos, por sus padres, por sus hermanos, siempre por otras personas, nunca por ellas. Mi abuela, por ejemplo, lleva llorando dos días por su marido (y mi madre por su padre igual), pero ninguna de las dos llora por ellas, cuando deberían hacerlo, pues son las que se quedan huérfanas.

Nunca comprendí a mi madre. Siendo aún joven como es, parece que nos separaran doscientos años de diferencia. De mi abuela, al fin y al cabo, me separa todo un mundo, ese en el que mi abuelo y ella vivieron toda su vida, pero mi madre, aunque se educara en él, pertenece ya al mundo en el que yo crecí: el mundo de la ciudad, el de la contemporaneidad, el de la España de hoy y no el de aquella de la posguerra que tan grabado quedó en los que lo vivieron por lo que he visto, no en el mundo antiguo de mis abuelos. Y, sin embargo, parece que mi madre no acaba de despegarse completamente de él, pese a que ha desaparecido del todo. Salvo mi tío Agustín, no queda ninguno de sus hermanos en la laguna y tampoco él trabaja ya el campo.

Otro que se queda huérfano. Más aún, si cabe, que mi madre. Y que sus otros hermanos, la tía Virginia y el tío Toño, a los que hacía ya mucho que no veía. Éstos tienen sus familias, pero el pobre tío Agustín está solo por completo. Tiene a su madre, eso sí es verdad, pero ni uno ni otra pueden cuidar de sí mismos cuanto más para hacerlo uno del otro. Así que será a mi madre a la que le tocará, como de costumbre (es la que vive más cerca de ellos), visitar a la abuela todos los fines de semana y ocuparse del pobre tío Agustín, que a saber cómo se las arregla solo. El hombre es incapaz de hacer nada por sí mismo, así que mi madre tiene que estar pendiente de él, pues la suya ya no puede hacerlo más.

En fin, esto es lo que hay, esto es una familia o lo que queda de una familia de campesinos arrojada de su territorio y trasplantada a un lugar lejano, a una llanura en medio de la meseta, del ancho páramo que estas montañas les había ocultado hasta aquel momento. Así no me extraña que mi abuelo quiera regresar aquí, a este valle sumergido bajo el agua pero en el que continúan flotando todos sus recuerdos, todos sus sueños y sus ambiciones. Que eran pocos, pero firmes: el bienestar económico de los suyos, vivir con tranquilidad y ser enterrado aquí, junto a sus antepasados, como sus padres y sus abuelos lo fueron antes que él. Los dos primeros los consiguió y el último lo va a realizar por fin. Aunque, al contrario que a sus antepasados, la tierra no le dará sepultura, sino el agua; esa agua azul y quieta que cubre el fondo de este gran valle en el que, salvo la carretera, nada recuerda ya que hubo vida en él, pueblos como el de mi familia, con sus casas, sus vecinos, sus animales, sus ilusiones... ¡Qué impresión debe de dar haber nacido y crecido en ellos y verlos desaparecer de golpe!

Pero en fin, así es el progreso, esa gran rueda que mueve la historia y que siempre gira hacia delante por más que les duela a muchos a los que como a mi familia les cambió la vida. Gracias a ello mi abuelo se convirtió en Ulises y yo soy la que soy ahora. ¿Cómo habría sido mi vida de no haberse cruzado en la trayectoria de mi familia la orden de un ingeniero que decidió detener el río como el que decide detener el tiempo? Ni siquiera habría existido...

José Antonio

¡Cuánto hacía que no volvía aquí! Ya ni siquiera me acuerdo del tiempo que ha transcurrido.

Pero está igual. El valle está igual que siempre, si acaso un poco más verde. Se ve que esta primavera ha debido de llover mucho.

La última vez que vine fue con mi madre y con mis tres hermanos. Antes lo había hecho con Elena y antes con mis hermanas otras dos veces. Pero ahora hacía mucho que no venía. Me he dado cuenta al cruzar Boñar y ver cuánto ha cambiado el pueblo en todo este tiempo.

Y no es que yo tenga recuerdos claros de estos lugares. Cuando me marché de aquí era todavía pequeño y, aunque conservo imágenes de Ferreras (sobre todo de sus calles y de los campos de alrededor), no podría colocarlas en sus sitios si de repente el pantano se vaciara y el pueblo volviera a estar donde estuvo siempre. Y lo mismo me sucede con el valle. A la edad que yo tenía entonces apenas había salido de él y los nombres de los otros pueblos eran solamente eso: nombres que había escuchado a la gente. Únicamente Vegamián, el pueblo mayor de todos, que estaba al lado del río, en el centro del valle principal,

me resultaba algo familiar, pues alguna vez había
acompañado hasta él a mi padre a hacer un reca-
do o a visitar a una tía suya que vivía allí. Pero
no recuerdo gran cosa. Solamente que en la pla-
za había varios negrillos y que la iglesia tenía la
torre torcida.

Fue la primera en caer, según me dijeron.
Porque Vegamián lo sumergieron entero. Al contrario que el resto de las aldeas, que estaban más
alejadas del río y a más altura por tanto y que
podían reaparecer cuando el nivel del agua baja-
ra, Vegamián no lo demolieron y sus casas quedaron enteras bajo el embalse y todavía algunas
deben de seguir así; otras, la mayoría, se habrán
caído del todo (o en parte, como la iglesia), como
la gente pudo ya ver hace años, cuando el pantano se desecó para limpiar el lodo del fondo, que
amenazaba con inutilizar la presa, y el valle muerto quedó a la vista de todos. Fue cuando yo vine
con Elena (mi madre se negó, al contrario que en
otras ocasiones, cosa que yo comprendí al llegar)
y durante toda una tarde estuvimos visitando las
ruinas de Vegamián, entre las que nos encontra-
mos a muchos vecinos, la mayoría de ellos llorando. También subimos aquí, al lugar donde
me dijeron que estuvo un día Ferreras, pero sólo
vimos piedras y una fila de pesebres de una cuadra que todavía se distinguía entre ellas. Nada
más. Ni una casa, ni una tapia, ni un tejado a la
deriva. Todo lo que quedaba de Ferreras, el pueblo en el que nací y en el que viví hasta los trece

años, era un rosario de piedras del mismo color que el fango. Porque el pantano lo había unificado todo. Tras quince años bajo el agua, con el óxido royendo los pigmentos, todo tenía el color de la tierra, ese ocre entristecido y macilento del fondo de las acequias y de los pozos. En cierto modo se parecía al de los campos de la laguna cuando en invierno el barro se adueña de ellos. Pero aquí la tierra estaba reseca. Tras varios días a pleno sol, el lodo se había secado y aparecía cuarteado como una badana vieja, sobre todo en las zonas que habían aflorado primero. De hecho, se podía caminar por muchas de ellas sin hundirse, aunque en el fondo del valle había dos cuartas de lodo.

Ahora, en cambio, todo debe de estar así. Bajo el inmenso espejo del agua, el fango lo debe de cubrir todo, desde el borde del embalse hasta el cauce por el que discurre el río. Porque una cosa que me impresionó aquella vez (cuando bajamos hasta Vegamián para ver sus ruinas de cerca) fue descubrir que el río seguía corriendo por su antiguo cauce, incluso bajo el puente, que también sobrevivía, como desde los días de la creación del mundo. ¡Qué eran para él cien años, o dieciséis, que eran los que llevaba preso, para cambiar de curso y de dirección después de miles de fidelidad a ellos! Así que me imagino que ha de seguir así, corriendo por su cauce como entonces a pesar de las corrientes y de los millones de metros cúbicos de agua que ahora lo cubren, igual que la carretera, que, aun siendo mucho más joven, también seguía corriendo por donde la habían trazado, eso sí, ya muy destrozada.

Yo propuse que bajáramos por ella hasta la orilla, hasta donde el pantano ahora le permite seguir viva aunque también muy deteriorada, pues desde que se construyera éste nadie la ha vuelto a arreglar; ¿para qué, si ya no lleva a ninguna parte? Pero mi madre (o mi padre, que así se lo encomendó) ha decidido que aquí, lo más cerca posible de Ferreras, y aquí estamos, descendiendo por un monte que el pantano ha dejado en la mitad, puesto que el resto está sumergido. Al pie de él estaba Ferreras, en la confluencia de los dos arroyos que bajaban de Rucayo y Quintanilla y de las altas peñas de Arintero. Y que continúan haciéndolo, sólo que sumergidos ya como el Porma, el río que formó el valle y en el que desembocaban, al igual que la antigua carretera. Y es que bajo el embalse sigue la vida, o la muerte, depende de cómo uno lo mire.

Ahí quiere ir a parar mi padre. Con el río y la antigua carretera y con las truchas que ahora habitan este valle que tantas vacas y ovejas alimentó, así como jabalíes y otras especies salvajes. Con ellas descansará para siempre como lo hacen otros vecinos, incluido su primer hijo, aquel que nació ya enfermo. Se llamaba Valentín y fue el primero de su descendencia. Será el encargado de recibirlo y de acompañarlo a partir de hoy. Los demás lo hicimos mientras vivió, unos más y otros menos, dependiendo de las circunstancias de cada uno y de los caminos por los que nos llevó la vida.

Yo, por ejemplo, trabajé con él hasta los veintiún años, hasta que me fui a la mili, que me cambiaría la vida completamente. En Barcelona, donde la hice, conocí a Elena y allí me quedé para siempre. Desde entonces, he vuelto a la laguna muchas veces (más los primeros años que los últimos, es verdad) y he seguido pendiente de mis padres, pero no tanto, también es cierto, como Agustín, que se quedó con ellos hasta el final (tampoco el hombre podía hacer otra cosa), o como Teresa, que, al ser la hermana mayor, es la que más se ha ocupado de la familia. Aunque no tanto como ella cree. Teresa piensa que los demás nos hemos inhibido muchas veces cuando hubo que tomar alguna decisión difícil y de estar lo suficientemente pendientes de nuestros padres, pero la verdad es que, en mi caso al menos, he procurado hacer todo lo que he podido. Yo no vivo a media hora de Palencia como ella ni con una persona que me acompaña a todos los sitios siempre que quiero. Elena tiene un negocio y, además, también tiene su familia que atender.

En fin, que por unas razones u otras yo no he tratado a mis padres tanto como me habría gustado, pero eso no quiere decir que no haya estado pendiente de ellos. Ni que no haya sentido su desamparo final. ¿Cómo no voy a sentirlo si yo mismo lo he sufrido muchas veces, sobre todo al principio de vivir en Cataluña, precisamente por la distancia que me separaba de ellos? Sé que en la lejanía mis padres me han añorado mucho y que, aunque nunca me lo dijeron abiertamente, les habría gustado verme más de lo que me han visto, pero estoy seguro también de que han comprendido mi alejamiento, que en modo alguno ha sido sentimental. La vida es muy complicada (y la complicamos nosotros a veces todavía más) y lo que uno desea no es siempre lo que puede hacer. La prueba han sido mis propios padres, cuyo destino lo decidió una obra, esta que estoy viendo ahora, que les cambió la vida no sólo a ellos, sino a sus hijos, por más que aún fuéramos niños o adolescentes en aquel momento. ¿Cómo oponerse, pues, a que lo siguiera haciendo, como lo hará con los hijos y con los nietos de aquellos niños que íbamos en el camión que partió una mañana de estas montañas camino de una laguna en la que, según decían, íbamos a vivir a partir de entonces?

Si era una premonición, se cumplió pero al revés. Porque, en efecto, una laguna fue nuestra nueva patria, pero no la desecada para acoger a unas pobres gentes expulsadas de sus pueblos por la fuerza (en algún caso incluso real: mi madre contaba el de una mujer a la que la Guardia Civil tuvo que sacar a rastras cuando el agua ya llegaba hasta su aldea porque se resistía a hacerlo voluntariamente), sino ésta, la nueva que surgió aquí, entre estas verdes montañas, construyendo una paradoja que todavía hizo más dolorosa la situación de aquellas familias: un lago las había echado de sus aldeas y otro las acogía cediéndoles su lugar. Algo que nunca lograrían entender del todo aquellos hombres y mujeres acostumbrados a utilizar el agua para sus labores, pero respetando siempre sus cauces y sus querencias. Si desde la creación del mundo el río iba por donde iba y los lagos ocupaban los lugares en los que habían surgido hacía millones de años, a qué andar cambiándolos de lugar como si Dios se hubiera equivocado al hacerlos.

Pero estas preguntas a un ingeniero le producen risa. A un ingeniero lo único que le interesa es, aparte de su sueldo al final del mes, dejar su marca en la naturaleza. ¿Puede haber mayor satisfacción que la del que siente que puede cambiar el mundo a su antojo y lo hace? Y no digo que todos los ingenieros actúen por vanidad (mi hijo mayor lo es, ¿quién me lo iba a decir a mí?), ni siquiera por soberbia o por capricho, pero sí que muchos lo hacen como si fueran dioses en vez de hombres, seres sobrenaturales llamados a corregir a la naturaleza. Por mi trabajo he conocido a alguno de ellos, por desgracia para mí, que no creía que abundaran tanto.

Mi padre, en cambio, para su fortuna, nunca conoció a ninguno. Así no tuvo que soportar esa soberbia irrespetuosa que algunas personas muestran ante los que piensan que no están a su altura, incluso cuando éstos han sido perjudicados por una actuación suya. Mi padre en eso tuvo más suerte que yo, recluido en su campo y en su agricultura, que fue su pasión de siempre. Porque él nunca quiso dedicarse a otra cosa. Hasta cuando se vio obligado a cambiar de sitio de residencia, él tuvo claro que iba a seguir haciendo lo mismo allí donde el destino lo condujera, al contrario que otros familiares suyos, que aprovecharon esa mudanza para cambiar también de dedicación. Su hermano Juan, por ejemplo, cogió en León una portería y otros se emplearon en empresas, de conductores, de vigilantes, de lo que fuera, con tal de dejar el campo y la agricultura. Mi padre, en cambio, en ningún momento pensó en coger otro oficio. Aunque se trasladó de provincia y de territorio: de la montaña a la tierra llana, de las praderas húmedas y siempre verdes de este lugar al desolado páramo de Palencia, mi padre nunca consideró siquiera la posibilidad de abandonar una profesión, la de campesino, que fue la suya y la de sus antepasados a saber por cuántas generaciones. Y que hubiera sido la mía de no ser porque el destino me llevó por otros caminos.

Ahora lo pienso y me parece mentira. Que yo haya terminado en Barcelona, tan lejos de los lugares en los que nací y crecí, y que me haya dedicado a una profesión, la de camarero, que entonces ni se me habría pasado por la cabeza fue consecuencia sólo del puro azar, de un sorteo que alguien hizo en un cuartel y que a mí me cambió la vida. Cualquier otro quizá la habría mantenido igual y yo estaría viviendo en Palencia, dedicado al campo como mi padre. A éste el azar también le cambió la vida, pero él siguió fiel a una tradición familiar que se terminó el día en el que se jubiló, puesto que ninguno de sus hijos la hemos querido seguir.

Así que con mis padres se clausuró para siempre una actividad que ocupó a mi familia durante generaciones, que es tanto como decir durante varios siglos. Porque, según les oí contar a ellos alguna vez, hasta donde alcanzaba la memoria familiar todos sus antepasados habían sido campesinos en estos valles del río Porma o, como mucho, en los vecinos del Curueño (hasta la mitad del pasado siglo la gente apenas si se movía de sus lugares de nacimiento salvo para casarse y no iban muy lejos). Fueron mis padres los que rompieron la tradición y no por su voluntad, sino por la circunstancia que les tocó vivir, pero sólo en lo referido a su residencia. El resto de su vida siguió siendo la de siempre, si bien que adaptada a la nueva tierra que les ofrecieron para continuarla y a las condiciones en que se desarrolló.

Ahora ya da lo mismo mirar atrás excepto para compadecerse de esas condiciones: el desarraigo, el trabajo duro, las jornadas de sol a sol (o de helada a helada, en invierno), la lucha por una supervivencia, en fin, que otros tuvimos más fácil, entre otras cosas gracias a ellos. Gracias a su tesón y su esfuerzo, Virginia pudo estudiar y Teresa y yo, que llegamos ya tarde a esa posibilidad (cuando pudimos hacerlo no había dinero), tener una vida mejor. Incluso trabajando junto a nuestros padres los años en los que permanecimos en casa antes de que la vida nos aventara como a los pájaros en primavera llevamos una vida digna, sin privaciones de ninguna clase. Tampoco es que nos sobrara, pero nunca nos faltó para vivir.

Esto a mis hijos, cuando se lo cuento, les suena a palabrería absurda, a historias de hombre de antes al que la modernidad le ha llegado tarde. ¿Cómo explicarles que aquí, antes de que ellos nacieran pero no tanto como para considerarlo historia, la gente vivía dos o tres siglos atrás y en la laguna prácticamente lo mismo? Allí fue donde comenzó a cambiar, pero todavía tardó y costó mucho que eso ocurriera. Y fueron sus abuelos los que lo consiguieron a base de mucho esfuerzo y mucha dedicación. Así que lo menos que les debemos tanto ellos como yo es el respeto que no tuvieron de otras personas, como los ingenieros que los menospreciaron hurtándoles explicaciones o dándoselas sólo a medias cuando iniciaron las expropiaciones, o como la marquesa que les vendió la laguna y a la que no llegaron a conocer siquiera, puesto que todo lo hacía a través de un administrador, un hombre bueno, según mi padre, que se compadecía de aquellas pobres gentes pero que poco podía hacer por ayudarlas. Y ese respeto, que espero nunca se pierda, incluye nuestra presencia aquí esta mañana, al borde de este pantano que parece un lago suizo más que una sepultura de agua, tan plácido se le ve, para acompañarle en su regreso definitivo a una tierra que fue y sigue siendo la suya, como lo es también para mí aunque ya menos. Me gustaría que lo fuera asimismo para mis hijos pese a que no hayan conocido el pueblo en el que nació su padre y del que salió muy pronto para, como su familia, ir a buscar por el mundo lo que aquí tenía pero le arrebató el destino, ese río impredecible e impetuoso que, cuando se desborda, lo lleva todo por delante.

Descansa en paz, papá, por fin. Te lo has ganado de sobra.

Elena

Me siento extraña en medio de esta familia. Siempre me he sentido así y creo que ellos a mí también me ven de ese modo. Me respetan porque soy la mujer de José Antonio, pero me consideran rara aunque por supuesto nunca lo digan. Hasta ahí no van a llegar.

Pero yo sé que es así. Como sé que para mi familia ellos son los que están fuera de la realidad con su apego irracional a la memoria y a ese lugar desaparecido al que ya no pueden volver salvo, como mi suegro ahora, cuando hayan muerto. Y conste que comprendo su sentimiento de desarraigo y su amor por una tierra que fue la suya y se la quitaron, pero me parecen excesivos ambos al cabo de tanto tiempo.

Quizá es que yo estoy lejos de su experiencia. Quizá mi vida, que en nada se parece a la de ellos (mis padres y mis abuelos nacieron todos en Barcelona y yo no conocí otra cosa que mi ciudad), me ha hecho ver todo de otra manera, ni mejor ni peor que la suya pero distinta. Incluso con mi marido siento una distancia a veces que tiene más que ver con nuestras biografías que con lo que verdaderamente pensamos uno y otro, en lo que a mí se refiere por lo menos.

Yo, por ejemplo, no entiendo que una persona pueda vivir mirando al pasado en lugar de hacia el futuro como todos los demás. Mis suegros han vivido así todo el tiempo y sus hijos, sin llegar hasta ese extremo, son un poco como ellos. José Antonio es quizá el que menos (sus muchos años en Barcelona, lejos de su familia y de estos paisajes, le han llevado a olvidarlos poco a poco), aunque Agustín no sé qué es lo que sentirá. Como no expresa sus emociones, es muy difícil saber qué piensa.

La verdad es que me da pena. De todos los hermanos es el más tierno, quizá en exceso para lo que debería mostrarse. Y no es que no sea listo, que lo es, al menos para lo que necesita, pero mis suegros lo protegieron siempre tanto desde niño que lo que consiguieron fue convertirlo en un desvalido. A sus cincuenta años es incapaz de hacer nada por sí solo más allá de las cuatro cosas elementales. Y la única merma mental que tiene, aparte de las secuelas que le dejó un parto que se complicó, parece (como todos sus hermanos nació en casa, en esa aldea que estaba por aquí cerca, a los pies de esta pradera que desciende hacia el embalse, y como a ellos le asistieron unas vecinas), es una gran timidez. Nada más. Y nada menos teniendo en cuenta sus condiciones de vida, sobre todo ahora que se ha quedado solo.

Sé que mi suegra sufre por él. Pero, puesta a elegir entre su hijo y su marido, eligió a éste cuando le llegó el momento. José Antonio dice que soy injusta al pensar así, pero es como yo lo veo. Y que conste que comprendo la situación de mi suegra, dividida entre un marido al que ya no podía cuidar, pues la demencia que lo afectó al final de su vida cada vez le hacía más dependiente, y un hijo que, a fuerza de protegerlo al considerarlo desde pequeño lo que no era, se había convertido en otra carga para ella. Difícil decisión, pues, para una madre que entregó su vida al cuidado de su familia como también lo hizo la mía mientras tuvo fuerzas. Así que no la juzgaré por ello, pero sí pienso que, obligada a tomar una decisión, mi suegra eligió a su marido antes que a su hijo.

Y ahora su marido ha muerto. Y ella se ha quedado sola. ¿Querrá volver con el hijo o, por el contrario, seguirá en la residencia, que, al fin y al cabo, sería lo más razonable? Agustín no puede cuidar de ella y ella necesita ya que la cuiden. Pero éstas son cuestiones que deben decidir sus hijos. Como de costumbre, yo trataré de quedarme en segundo plano, no vaya a ser que se malinterpreten mis opiniones, como ya me ha sucedido alguna vez. En cualquier caso, de lo que se trata ahora y para lo que estamos todos aquí después de haber hecho muchos kilómetros para llegar (yo y el Alex los que más, puesto que llegamos anoche de Barcelona) es de darle el último adiós a mi suegro, ese hombre que siempre me pareció admirable por su tesón y su fortaleza pero que a la vez me desconcertaba un poco por su hermetismo y por su dificultad para expresar sus sentimientos. Yo nunca supe si me apreciaba (aunque siempre me trató muy bien) o si simplemente me aceptaba porque no tenía otro remedio. Al fin y al cabo, yo era su nuera, la mujer de su hijo José Antonio.

Precisamente esto es lo que me hacía dudar. Tanto con él como con mi suegra siempre tuve la sospecha de que no les gustaba mucho, no por ser catalana ni de ciudad, sino por haber apartado al hijo de su camino, que era el de seguir sus pasos y el de tomar el relevo de ellos cuando se jubilaran. Fue para lo que le prepararon, como a mi suegro su padre y a éste su abuelo y, de repente, el hijo cambió de rumbo y se dedicó a otra cosa. Y yo fui la culpable sin saberlo de que eso sucediera al enamorarme de él.

Me acuerdo de la primera vez que viajé con José Antonio a la laguna. Fue poco antes de casarnos, aunque él ya vivía en Barcelona. Al finalizar la mili, que hizo en un cuartel, el de Gerona, cerca de donde vivía yo entonces (de hecho, lo conocí en un baile de verano que se hacía todos los sábados en el Guinardó), José Antonio había buscado trabajo y se había quedado en Barcelona, de donde sólo volvió a Palencia dos o tres veces para ver a sus padres y a sus hermanos, siempre por muy pocos días. La siguiente lo hizo ya conmigo para presentarme a ellos y para comunicarles que íbamos a casarnos. Recuerdo que mis suegros reaccionaron con sorpresa, pues no esperaban la noticia, pese a lo cual nos felicitaron por nuestra decisión. Incluso viajaron a Barcelona para la boda, ellos, que no salían de la laguna salvo para ir a Palencia a arreglar papeles o visitar a algún médico, o a León para ver a algún pariente. Pero siempre tuve la sospecha de que en el fondo hubieran preferido que José Antonio se hubiera casado con una chica de la laguna, o de Palencia como muy lejos, y hubiera seguido con ellos ayudándolos en el campo hasta que le cedieran la dirección a él cuando fueran muy mayores.

Pero todo eso ya da lo mismo. Todo eso ya pasó y ahora lo único que me queda de mi suegro es el recuerdo, su estampa de hombre de tierra dura, de montañés trasplantado a las llanuras de Castilla, de campesino recio como una roca, como estas que rodean el lugar en el que nació. No me sorprende que haya querido volver aquí, pues era parte de ellas pese a que la mitad de su vida la pasara en la laguna, en esos páramos infinitos que de tan horizontales me sobrecogen cada vez que los vuelvo a ver. Aunque me sobrecoge aún más este paisaje sin alma, este valle sumergido y silencioso, no sólo por el pantano, tan inquietante, sino porque conocí lo que yace bajo él. Desde que vine con José Antonio a verlo (¡cuántos años hace ya!) no he podido quitarme de la cabeza aquellas imágenes y eso a pesar de que ningún recuerdo me vinculaba a ellas como a mi marido.

Fue al poco tiempo de estar casados, un verano que habíamos venido a la laguna para pasar unos días con su familia. Todavía no habían nacido el Daniel ni el Alex. Y por eso nos movíamos con más facilidad. No, como ocurriría después, supeditados a ellos y a sus necesidades y sus compromisos. Aquel verano, cuando llegamos a la laguna (fue en setiembre, de eso me acuerdo: era cuando cerrábamos el restaurante por vacaciones en aquel tiempo, no como ahora, que apenas si lo hacemos unos días en agosto, el negocio no da para mucho más), todo el mundo hablaba de la noticia que había salido en la prensa: que este pantano estaba siendo vaciado entero para limpiarlo, o para revisar la presa, no se sabía muy bien, y que, a medida que el agua iba bajando de nivel, las ruinas de los pueblos sumergidos volvían a aparecer. Las fotografías mostraban algunas de ellas. En las casas, en los bares, por las calles de la laguna no se hablaba de otra cosa. Muchos vecinos eran de aquí, de alguna de las aldeas que el embalse había anegado bajo sus aguas, y discutían entre ellos si venir o no a ver tan triste espectáculo. Mi marido no lo dudó. Antes de que se nos acabaran las vacaciones, cogió el coche y subimos hasta aquí, él y yo solos, pues ni mi suegra ni mis cuñados quisieron acompañarnos aquella vez, contra su costumbre (a mi suegro ni le preguntamos; sabíamos ya su respuesta). La visión me sobrecogió. Cuando doblamos la curva y llegamos a lo alto de la presa, desde la que la carretera nueva bordea el embalse para salvarlo, el valle apareció ante mis ojos como un paisaje del fin del mundo. Apenas quedaba agua junto a la presa y el resto era un mar de lodo entre el que se divisaban las ruinas de los pueblos, especialmente las de uno, bastante grande desde allá arriba, que estaba justo en el centro del valle hundido y cuyo nombre ya no recuerdo; José Antonio lo sabrá. Fue ése el que visitamos aparte del de su familia, del que apenas quedaba nada; lo habían demolido por completo, al parecer, antes de que lo alcanzara el agua. El otro, sin embargo, estaba entero, o medio entero —muchas de las construcciones habían perdido los tejados—, expuesto como un cadáver a la contemplación del público, que se acercaba hasta él con cierta morbosidad, como si la ruina fuera un espectáculo. Recuerdo que me impresionó un tejado que, arrastrado por el agua, cubría ahora una calle entre dos aleros y, en las antiguas escuelas, un edificio de piedra que permanecía intacto, incluso con la inscripción que indicaba sobre la puerta ESCUELA DE NIÑOS Y NIÑAS, 1929, los mensajes que los antiguos vecinos que pasaban por el pueblo (vimos a varios aquella tarde) se dejaban unos a otros en los encerados, que todavía seguían en las paredes: *Recuerdos de los de casa tal para sus vecinos, La familia cual vino a ver* (aquí el nombre del pueblo) *el día tal y tal desde Bilbao y saluda a sus familiares,* etcétera. Era el paisaje del fin del mundo, pero con presencia humana. O huellas de esa presencia, tan inquietantes como las ruinas del pueblo. Imagino a mi suegro durmiendo esta noche allí y me produce un estremecimiento.

Pero él lo ha querido así. Él ha sido el que ha mandado a su familia que incinerara su cuerpo y trajera sus cenizas hasta aquí y las aventara sobre el pantano cerca de donde nació. Fue su deseo, según mi suegra, desde el principio, desde el día en el que abandonó este valle. Y los deseos hay que cumplirlos. Por eso hemos venido todos y ahora vamos caminando hacia el embalse como una familia griega, como un extraño cortejo fúnebre que, visto desde la carretera, debe de sorprender al que lo descubre. Porque todos vamos en silencio. Y porque cada uno de los que lo componemos caminamos al lado de los otros sin mirarnos, concentrados en nuestros pensamientos y emociones y con la mirada fija en ese pantano que es tan tranquilo como desolador. Sinceramente yo no querría una tumba para mí así, aunque comprendo que para mi suegro sea el lugar perfecto en el que descansar después de tanto echarlo de menos.

¿Pensarán mis hijos también lo mismo?

Daniel

Mamá siempre llamando la atención. Sabe que la familia de papá es muy clásica, que está muy apegada a sus costumbres (son campesinos, al fin y al cabo), y se presenta aquí, en la despedida definitiva de mi abuelo, arreglada como para ir a una fiesta. Se lo dijo papá antes de subir al coche: que se había arreglado demasiado. Pero ella no lo aceptó. Al contrario, le recriminó a él su excesiva sobriedad. Mamá dice que a papá se le nota mucho su educación campesina.

¡Pobre papá! ¡Qué triste debe de sentirse hoy! A mí me resulta difícil imaginar lo que ha de sentir ahora al despedir al hombre que le dio la vida. Y hacerlo en este lugar, tan simbólico y terrible al mismo tiempo. Debe de ser muy difícil aceptar que tu padre va a reposar para siempre en un escenario que, aparte de sus connotaciones, tiene algo de fantasmagórico por más que ahora luzca en toda su belleza, que el cielo azul y la primavera resaltan más todavía. Nadie diría que éste es el marco mejor para una despedida.

Pero mi abuelo así lo decidió, al parecer. Según me contó papá, desde el mismo día en que se marchó de aquí mi abuelo tuvo claro que volvería al morir, si no podía ser como a él le habría gustado: a reposar en un cementerio, bajo la tierra, convertido en ceniza, que es como vuelve. Me contó también que a mi abuela esa decisión le afectó mucho, pues es tremendamente religiosa. Cree en la resurrección de los cuerpos del Evangelio y quizá teme que eso no sea posible si se incineran. ¡Ya ves, con lo fácil que debe de ser todo para Dios!...

Recuerdo su reacción cuando papá le dijo que yo iba a estudiar para ingeniero. De Caminos, «como los que destruyeron Ferreras», le precisó. Creo que ella se quedó callada y que sólo al cabo de un rato le preguntó: «¿Y va a construir pantanos?». «Quién sabe; puede que sí, puede que no», le respondió, según me contó, ante lo que mi abuela volvió a guardar silencio, ahora ya definitivamente. Me imagino que le sorprendió mucho saber que un nieto suyo podría acabar haciéndoles a otras personas el mismo daño que a ella le hicieron cuando era joven. Eso sí, a mí jamás me dijo nada al respecto, bien es verdad que la he visto poco. En los últimos años al menos, ni mi familia ni yo hemos ido mucho a la laguna.

Mi abuelo aún menos me dijo nada. Él no entraba en esos temas, que debía de pensar ajenos a su capacidad. Él de lo que sabía era de trabajar el campo, que fue lo que hizo toda su vida. Aunque era un hombre muy inteligente. Si hubiera podido estudiar, seguramente hubiese hecho una carrera. Y mi padre igual. Lástima que ninguno de los dos tuviera esa oportunidad; eran tiempos muy diferentes a los de hoy. Así que yo tengo una responsabilidad: la de llevar a cabo sus ilusiones, incluso como ingeniero, esa profesión cuyo nombre tantos recuerdos les trae y no muy buenos precisamente.

Y no me extraña que sea así. Conociendo lo que a mi abuelo y a mi familia les sucedió, no sólo no me extraña su aversión hacia los de mi profesión, sino que la comparto en cierta manera; sobre todo sabiendo cómo actuaban en aquel tiempo muchos ingenieros, amparados en la protección que Franco les ofrecía, no en vano servían al Régimen. Lo que no impide que reconozca la importancia de muchas de sus obras, incluso de esta que a mi familia tanto dolor le causó. ¿O qué sería de España sin regadíos, sin producción de electricidad, sin agua para el consumo doméstico?...

Más de una vez he discutido con papá sobre la necesidad de esas grandes obras que, como esta que ahora contemplo, salpican la geografía de toda Europa. Y del mundo entero. Yo entiendo que para él sea algo muy difícil de asumir, habida cuenta de su experiencia, pero por encima de los sentimientos está la razón. Y papá no es ningún idiota. Sabe que su país necesita obras de ingeniería que favorezcan la vida de sus habitantes. Y que esas obras producen daños. Lo que hay es que limitarlos en lo posible. Porque lo que no puede hacerse es oponerse a ellas sin más como hacen los ecologistas y algunos grupos de afectados (a éstos los comprendo aún), que luego, eso sí, quieren tener electricidad y agua en sus domicilios. Esto no se lo puedo decir a papá, ni a mis tíos, porque se enfadarían conmigo. Y a mi abuela todavía menos, pues la pobre no me entendería.

Pero yo la comprendo a ella. ¿Cómo no voy a entender a una persona a la que la vida se le rompió de repente un día como una cuerda que ya no puede arreglarse más? Para ella toda su vida era este lugar, la aldea en la que nació, las montañas en las que se crio. Y de repente se los destruyeron como si fueran de cartón piedra. Como su propia historia, tan inocente, tan apegada a la tierra y a este paisaje, que tampoco volvieron a ser los mismos. Pero sus hijos ya deberían pensar de otro modo. Tanto papá, que al fin y al cabo se fue de aquí muy pequeño, sin edad casi para tener conciencia de lo que sucedía, como mis tíos deberían haber superado el trauma que les supuso tener que salir de aquí obligadamente. Pero, por lo que conozco, no es como yo lo veo. En el caso de mi padre por lo menos, la huella de ese desgarro sigue marcándole todavía y lo hará ya, me temo, hasta que se muera. Aunque lo disimule delante de los demás. Le debe de dar vergüenza vivir de espaldas a la razón, y más teniendo un hijo ingeniero.

Pero mi abuela... Mi abuela tiene todo el derecho a seguir sintiendo su pueblo como hasta ahora, como el paraíso perdido al que jamás podrá regresar salvo imaginariamente. Como hoy va a hacer el abuelo y como quizá hizo miles de veces cuando vivía contemplando el inmenso páramo palentino desde el tractor o, en la noche, mientras conciliaba el sueño junto a mi abuela tanto en su casa de la laguna como en la residencia. Mi abuela, por su parte, lo habrá recordado otro millón de veces, sólo que, en el caso de ésta, su añoranza se materializó unas cuantas cuando viajó con papá o con sus otros hijos hasta este valle para imaginar su pueblo bajo el embalse. Tanto ella como el abuelo siguieron siempre en este lugar por más que también vivieran cuarenta y cinco años en la laguna. La prueba es que la abuela habla de él como si siguiera aquí, como si jamás se hubiese marchado del todo.

Y ahora más imagino que lo hará. Ahora con el abuelo aquí ya de nuevo mi abuela se va a quedar con él, si no físicamente, sí en espíritu. Así que ni siquiera tendrá que regresar cuando se muera, no necesitará entregar sus restos al crematorio, algo que tanto la desazona, para que la traigamos en una urna como al abuelo, porque ya está aquí. Desde que se hicieron novios estuvieron siempre juntos, y así van a seguir tanto mientras mi abuela siga viviendo como después. Sólo la eternidad los separará, si es que puede, un día.

La verdad es que es una hermosa historia de amor la suya; una historia que nadie escribirá porque a nadie le interesan las historias de la gente que no sale en los periódicos, pero una gran historia de amor sin duda ninguna: la de dos personas humildes, dos campesinos sin casi estudios ni pretensiones, pero con un corazón que lo compensaba todo, que se quisieron toda la vida sin decírselo posiblemente ni una sola vez. Así es la gente de estas montañas, tan reservada.

Qué distinta de la de mi ciudad, de la gente a la que yo conozco y trato en el día a día, con excepción de mi padre, que, aunque desnaturalizado ya, continúa siendo de aquí a pesar de todo. Y de la laguna. Al lado de sus hermanos, sobre todo del tío Agustín, que no ha salido de allí jamás y cuyo único espejo vital, por ello, son sus vecinos, mi padre es menos cerrado, menos callado y más expresivo, pero en el fondo sigue siendo de estas montañas adustas, tan adustas y tan tristes como él. Porque mi padre tiene algo de hombre triste, de hombre fuera de lugar, de persona con la cabeza en un sitio y el cuerpo en otro, como he visto también en amigos suyos. Me refiero a esos amigos que, como él, llegaron a Barcelona desde otras partes de España y que, pese a llevar allí media vida, continúan contemplando la ciudad como forasteros, como si no acabaran de sentirse de ella plenamente por más que todo a su alrededor (la familia, los hijos, el trabajo) les indique lo contrario cada día. Algo que en el caso de mi padre incluso se acentúa aún más, puesto que fuera de Barcelona también se siente de esa manera. Como sus padres y sus hermanos, desde que salió de aquí siempre se sintió extranjero en todos los sitios en los que vivió.

¡Qué sentimiento tan doloroso! Ser extranjero en todos los sitios, sentirse así cada día debe de ser muy penoso por más que uno se acostumbre, incluso se olvide de ello en el día a día. Si es que ese sentimiento puede llegar a olvidarse. Mi abuelo, por lo que he oído, nunca volvió a hablar de este valle, ni de su pueblo, ni de los años en los que vivía aquí, pero eso no es la demostración de que se olvidó de ellos, sino, al contrario, de que recordarlos le producía dolor. De ahí que hablara siempre tan poco. ¿De qué iba a hablar el hombre si de lo que le gustaría hacerlo le generaba tanta tristeza y de lo que podía hablar, fuera de su familia y de su trabajo, le interesaba tan poco como a nosotros lo que dijera? Así que no me sorprende que cada vez fuera más callado, tanto que a sus propios hijos les llegaba a poner nerviosos en ocasiones. Pero yo le comprendo bien. Como comprendo su deseo de querer regresar a su pantano, a las montañas en las que aprendió a vivir, para hablar en silencio con sus recuerdos como seguramente hizo durante años en la laguna, aunque a mí me parezca triste su decisión.

Maria Rosaria

Daniel siempre me ha hablado de su familia paterna con compasión. Especialmente de su abuelo, al que por desgracia no he conocido. Daniel me había prometido venir este verano a presentármelo, pero ya no podrá ser.

De todos modos, me puedo hacer una idea de cómo era. Por lo que Daniel y Alex me han contado y, sobre todo, por lo que su padre principalmente (su madre habla menos de él; es natural, no es su hija) recuerda de cuando vivía en el pueblo, me puedo hacer una idea de cómo era su abuelo y de su particular carácter, tan de los hombres de estas montañas, al parecer. Y de todas las del mundo, diría yo.

Mi abuelo Alfredo, por ejemplo, no es muy distinto. Aunque lleva viviendo muchos años en Turín, tiene el carácter seco de los campesinos de las montañas de Aosta, donde vivió hasta que emigró a Argentina. De eso hace ya muchos años, los que pasó allí tratando de hacer fortuna antes de volver a Italia más los que hace que vive en Turín, donde se estableció a su regreso, pero conserva intacto el carácter de los montañeses, ese espíritu áspero y tierno a la vez que, según Daniel, tenía también su abuelo.

De su abuela no habla tanto. La quiere, como a su abuelo, pero se ve que con ella tenía menos relación y en los últimos años ya prácticamente ninguna. A partir de cierto momento se ve que su familia comenzó a espaciar sus visitas a la laguna, como llaman ellos al pueblo creado artificialmente donde antes hubo una al parecer, y el trato con sus abuelos se hizo menos frecuente, algo que a mí también me ocurrió aunque menos. Al fin y al cabo, mi abuelo Alfredo vive en Turín, en la misma calle que mis padres, y mis abuelos Pietro y Silvana a pocos kilómetros. Pero el distanciamiento de Daniel no ha supuesto de ningún modo el olvido de los suyos ni la pérdida del cariño que siempre sintió por ellos. Y que continúa sintiendo. En cuanto supo que su abuelo se moría quiso venir para estar con él.

Yo lo acompañé en el viaje. Aunque no conocía a su abuelo ni a nadie de su familia paterna, que vive desperdigada por varios sitios de España por lo que he visto (sólo el tío más pequeño sigue viviendo en la casa de la laguna), viajé con él hasta su provincia, aunque llegamos ya tarde para ver a su abuelo con vida. Acababa de morir hacía una hora en el hospital de Palencia en el que lo ingresaron tres días antes, cuando entró en coma. El padre de Daniel, que se había adelantado en el viaje a nosotros, nos lo anunció a la puerta cuando llegamos. Estaba con sus hermanas y con el marido de una de ellas. El hermano pequeño, en cambio, se había quedado en casa. Apenas había ido, al parecer, un par de veces al hospital a ver al padre antes de morir. Necesita que lo lleven y lo traigan, pues no conduce ni tiene coche.

Daniel dice que es un poco retrasado. Pero a mí no me lo parece. Ni a su madre, que opina, por el contrario, que es el más listo de todos, porque, con ese cuento, no trabaja ni hace nada. Yo creo que un poco simple sí es, aunque no tanto como su familia piensa. Incluido el padre de Daniel, que, al ser el varón mayor, le trata como a otro hijo cuando es su hermano. En cualquier caso, yo no puedo juzgarlo bien porque apenas lo he tratado y lo poco que lo he hecho ha sido en estas circunstancias. Desde que llegué a Palencia, todo ha sido un sucederse de actos fúnebres, comenzando por el velatorio y siguiendo por el funeral, que culminan ahora en este lugar cuyo paisaje sería maravilloso de no haber venido aquí a lo que hemos venido: a esparcir las cenizas del abuelo de Daniel sobre el pantano. Este pantano bajo el que yace el pueblo en el que nació y en el que desea yacer él también como otros en el mar o en la montaña. Mi abuela Ángela, por ejemplo, quiso que fuera sobre la nieve y así lo hicieron sus hijos, que cumplieron su promesa arrojando sus cenizas en un parque de Turín, al lado del río Po, un día de invierno de mucha nieve.

Pero es que hoy aquí, además, hace un día muy bonito. Un día que nadie elegiría —o al menos yo así lo pienso— para volver a la naturaleza, que está brotando con energía (ya es primavera desde hace tiempo), lo que contrasta con nuestra tristeza. Incluyéndome a mí, que no llegué a conocerlo, todos los aquí presentes sentimos que el abuelo de Daniel está al lado de nosotros contemplando este pantano que refleja, aparte de las montañas y de las nubes que se reparten el cielo, la mayoría blancas y algodonosas como en un cuadro de Rafael, la sombra de destrucción que el agua esconde bajo su superficie. Y mejor que sea así. Como le escuché una vez a un profesor de Estética de mi universidad, lo siniestro y lo bello se necesitan para existir, pero lo siniestro debe permanecer oculto.

De todos modos, los demás no deben de estar pensando lo mismo que yo en estos momentos. No sé en qué pensarán, pero seguro que no en ideas filosóficas y, si lo hacen, será sin duda desde otros puntos de vista. La abuela de Daniel, por ejemplo, seguro que no está viendo, como yo, la primavera, ni la belleza del valle, ni de las nubes, sino el abismo engañoso y mortal del agua del pantano al que se asoma una vez más, hoy para despedirse de su marido de modo definitivo. A su lado, por su parte, Teresa, la hija mayor, esa mujer que parece un reflejo de ella sólo que con veinticinco o treinta años menos, contempla el agua con concentración, como queriendo atisbar lo que hay en su fondo, y lo mismo hacen su marido, un hombre con cara de buena persona que no se separa un instante de su lado, y sus hijas, poco mayores que yo pero muy diferentes entre ellas: una está casada ya y no hace más que hablar de su hijo y la otra, que aspira a ser actriz según Daniel (la verdad es que es muy guapa), se asemeja más a mí, al menos en la forma de vestir y de moverse. ¿Cómo podrían pensar lo mismo las dos? Los padres de Daniel y el resto de los familiares, incluido el tío Agustín, que viene andando detrás (¿será que está acostumbrado a ello?), caminan, por su parte, también en medio de un gran silencio, pero miran el pantano de un modo más distraído y algunos ni siquiera eso. Los primos de Santander, por ejemplo, parecen más atentos a su entorno (a esos bosquetes de matorral que quizá escondan algún secreto o a los juncos que crecen junto a la orilla) y el tío Agustín a los muchos pájaros que sobrevuelan la superficie del agua continuamente. Se ve que éstos le interesan más que lo que puedan decir sus hermanos sobre su padre en este momento.

Y a mí me sucede igual. Después de oír varias veces las historias del abuelo de Daniel en estos días, sobre todo la de cuando abandonó su aldea (también la de cuando llegó a Palencia y se encontró con un barracón en medio de un barrizal en lugar de con la vivienda que les habían prometido antes de salir de aquí), me empiezan a cansar ya y prefiero pensar en otras cosas. Si no alegres, que no es fácil (al fin y al cabo, esto es un entierro), sí menos dolorosas o por lo menos no tan dramáticas. Está claro que la muerte de una persona es siempre algo triste, que lo es más en este caso, al tratarse de alguien que ni siquiera puede ser enterrado donde querría, pero de ahí a regodearse en el dolor hay gran diferencia. Además, el abuelo de Daniel tenía ya muchos años, vivió su vida como eligió, salvedad hecha de su expulsión de su aldea cuando era joven, y, aunque también le tocó sufrir alguna desgracia más (la muerte de un hijo fue la mayor, según me he enterado hoy), en general la vida le dio muchas satisfacciones, comenzando por sus hijos y por el patrimonio que, con gran esfuerzo, eso sí, consiguió reunir para ellos. Así que hay que mirarlo también desde esa perspectiva, pienso yo. Y saber que su padre, su abuelo o su familiar fue un hombre con mucha suerte (la prueba es que su familia está toda aquí con él esta mañana) y que por eso puede descansar en paz. Aunque a sus hijos y a su mujer les vaya a doler su ausencia y a sus nietos su recuerdo, que, por otra parte, se irá borrando de sus memorias a medida que transcurra el tiempo. Me pasó a mí con mi abuela Ángela y sólo hace diez años de su desaparición.

Es ley de vida, como se dice. Unos se van y otros vienen, unos desaparecen y otros los sustituimos y así será mientras haya mundo. Por eso hay que disfrutar de la primavera, y de las nubes, y de los pájaros, y hasta de la belleza de este pantano que esconde, como todo, algo siniestro, pero que es una maravilla como paisaje, y por eso hay que aprovechar cada minuto de nuestro tiempo, que se va a toda velocidad, en lugar de regodearse en el dolor de lo que perdemos. O de lo que perdimos hace ya mucho, como le pasa a la abuela de Daniel con este sitio. La pobre no ha disfrutado de lo que tiene porque nunca pudo olvidar lo que perdió.

Y yo la comprendo. Perder un hijo y un pueblo, tener que empezar una vida nueva en otro lugar sin haberlo querido ni imaginado ni como posibilidad siquiera (al revés que mi abuelo Alfredo, los de Daniel nunca pensaron, cuando vivían aquí, en emigrar), sólo porque te obligó el destino, tiene que ser muy penoso, pero uno debe sobreponerse a la adversidad por más dolorosa que ésta haya sido. Así al menos pienso yo. De lo contrario, corres el riesgo de acabar convertida en una estatua de sal, como la mujer de Lot, a la que tanto me recuerda la abuela de Daniel.

De todos modos, yo soy la menos indicada aquí para opinar. Aparte de ser extranjera, con todo lo que ello comporta (hasta el idioma se me hace extraño, acostumbrada al acento del castellano de Barcelona), soy una advenediza en esta familia, a la que acabo de conocer hace un par de días. Y, encima, en unas circunstancias que en nada me facilitan la integración, cuánto menos la complicidad con los otros miembros, algunos de los cuales me miran como si no existiera. No es que me traten con frialdad (al revés, todos son muy amables conmigo, en eso no tengo queja); es que no me consideran de la familia y eso se nota. Y hasta cierto punto es normal. Ellos están viviendo un momento triste y yo soy la novia de un familiar (nieto, sobrino o primo, tanto más da) al que tampoco han tratado mucho la mayoría, por otra parte, por lo que veo. Y es que ésa es otra cuestión. Entre los primos prácticamente ni se conocen porque se relacionan poco entre ellos, como les pasa a Daniel y Alex con los de Santander. Ni unos ni otros, al parecer, han vuelto mucho por la laguna desde hace años y, si lo han hecho, no han coincidido. Así que no es extraño que a mí ni me consideren, pues ni siquiera sabían de mi existencia hasta antes de ayer.

Aunque eso tiene su ventaja. El ser una advenediza, una extraña en la familia, una extranjera, además, que se supone no entenderá ciertas cosas, me permite mirarlo todo como algo ajeno —lo que no quiere decir que no sienta también pena— y disfrutar de este hermoso día y de este dulce paisaje cuya belleza ellos no valoran, pues se lo impiden sus recuerdos de él. No sólo hoy, sino cualquier día. A mí, en cambio, como forastera, nada me impide admirarlo y hacerlo con la mirada de quien no tiene más servidumbres que la de disimular esa admiración ante los demás. Tampoco me gustaría que se ofendieran conmigo por ello.

Alex

Hoy dormirá con los peces.

La frase la oí en una película de mafiosos, ya no recuerdo su título, y se me quedó
grabada. ¡Qué forma tan inquietante de confirmar que el encargo había sido cumplido y el
señalado estaba ya muerto, con una piedra al
cuello, bajo las frías aguas del puerto de Nueva
York!

Me acuerdo ahora por el abuelo. Él dormirá también esta noche así pese a que nunca
fuera un mafioso, ni siquiera un hombre arries-
gado; al contrario, siempre fue gente de orden,
aunque motivos tuvo para rebelarse contra sus
representantes. Yo, en su lugar, lo hubiera hecho sin duda, si no en el momento mismo del
atropello, que era imposible dada la situación
política de la época, sí cuando ésta cambió y la
gente pudo empezar a manifestarse. Por lo menos me habría despachado a gusto, si no con
los responsables directos del avasallamiento,
que a saber dónde estarían ya para entonces, sí
con sus sucesores, esos que siguen llevando las
riendas del día a día de esta gran presa y los
que desde León o Madrid gobiernan sus beneficios. Beneficios que nunca han visto aquellos

que, como mis abuelos, sacrificaron todo lo que tenían para que se pudieran empezar a producir.

La primera vez que oí hablar de ello fue a mi padre hace ya mucho. No sé qué edad tendría yo, pero sí recuerdo que mi padre hablaba con un amigo en la terraza de un bar de la Barceloneta, la playa a la que nos llevaba todos los domingos de junio a octubre a mi hermano Daniel y a mí cuando éramos pequeños (¡cuánto hace que no voy por allí, por cierto!), y que, en un momento dado, bajó la voz para comentar: «Fue un atropello. Ni siquiera nos pagaron la mitad de lo que valían las fincas». De vuelta a casa, yo le pregunté a mi padre a qué fincas se refería y él me contó por primera vez la historia de mi familia paterna, que yo desconocía por completo. Mi madre, por su parte, añadió algunos datos más, tales como la descripción del lugar en el que estuvo el pueblo de mis abuelos mientras existió (este que estoy viendo ahora; es la segunda vez que lo hago) o la historia del vecino que se llevó con él cuando se marchó tierra de todas sus fincas para que la arrojaran sobre su tumba cuando muriera (¡qué obsesión con la muerte tiene esta gente; debe de ser por el desarraigo!), y mi hermano, que ya conocía la historia por ser un poco mayor que yo, acabó de sacarme de mi desconocimiento al desvelarme que todos en la laguna, el pueblo del que procedía mi padre, eran gente expulsada por pantanos como éste, no, como yo daba por supuesto, campesinos con siglos de vida allí.

Desde entonces, mi aversión hacia estas obras no ha hecho otra cosa que crecer para satisfacción de mi padre, que la interpreta como una muestra de apoyo a él y a todos los que las sufrieron, mientras que a mi hermano Daniel lo ve como a un enemigo. Y no le falta razón en parte. Tal como son hoy día las cosas, reivindicar la memoria de las personas, no digo ya la naturaleza, constituye para muchos una manifestación de simplicidad y mi hermano es uno de los que piensan así. Pero a mí me importa poco su opinión. Lo que me importa a mí es defender lo que creo y una de las cosas en las que creo, quizá la más importante, es que el progreso económico no lo justifica todo.

Pero ¿por qué estoy yo ahora pensando en esto? ¿Por qué he llegado hasta aquí partiendo de una película de mafiosos, aquellos que susurraban «Hoy dormirá con los peces» desde una cabina pública de Nueva York, si a lo que hemos venido aquí es a despedir a mi abuelo, cuyas cenizas trae en una urna mi tía Teresa? La verdad es que la imaginación es imprevisible. Y la memoria lo mismo. De los reflejos en blanco y negro del puerto de Nueva York la memoria me ha llevado a Barcelona, a aquella playa en color a la que las familias de clase media íbamos a bañarnos por el verano cuando yo era niño, y me ha traído de nuevo aquí, a este valle sumergido y silencioso lleno de paz y desolación, todo ello en unos segundos; los que hace que miro el agua parado al lado de mi familia, que ha hecho un alto en el descenso hacia el pantano quizá para retrasar la llegada a él. Porque todos somos conscientes de que el momento final se acerca. Me refiero al momento de la despedida definitiva del abuelo, que todos sabemos ya volverá a aumentar la emoción en nosotros. De hecho, ya lo está haciendo: mi padre tiene los ojos llorosos, lo que delata que le supera lo que está sintiendo ahora. ¡Pobre papá! ¡Cuánto no habrá pasado en su vida desde que salió de aquí y cuánto no habrá callado, incluso en casa, más de una vez! Y es que no siempre ha sido bien comprendido, me temo. Lo pienso ahora al verlo mirar el sitio en el que nació, pero lo he pensado también mirándolo pasear por la calle en Barcelona o por los campos de la laguna cuando íbamos de visita. En la laguna todavía más me daba la impresión de que se sentía fuera de la realidad.

Por lo que dice mi madre, al abuelo le pasaba igual. Al contrario que a la abuela, que, aunque entristecida siempre por las circunstancias que le tocó vivir, se aferró a su familia para seguir adelante, el abuelo, al parecer, vivía dentro de una burbuja, en un limbo personal del que apenas salía y, cuando lo hacía, era por obligación. Así vivió y así se murió y así regresa a su sitio pese a que seamos muchos los que lo acom-

pañamos. Igual que cuando aún vivía, él es el
único que no va a mostrar ninguna emoción
cuando el pantano lo arrastre hacia su fondo
como continuamente hace con todo lo que cae
a él. Como un ahogado desaparecerá en el agua
mientras los que lo acompañamos nos queda-
remos mirando ésta sabiendo que nunca va a regresar.

Se lo comerán los peces... Pero ¿por qué
me obsesiona tanto esa imagen? ¿Por qué me desazona imaginar las cenizas de mi abuelo de-
voradas por una trucha, o por una tenca, o por
una culebra, o por cualquiera de las especies
que habrá en el fondo de este pantano, y no en
cambio corrompiéndose en la tierra como sucede con la mayoría de las personas cuando se
mueren? ¿Qué tiene el agua para que me asuste
tanto cuando precisamente yo me he pasado la
vida al lado de ella? Desde que nací, he vivido
junto al mar y en él he pasado (nadando o pes-
cando con mis amigos) muchos de mis mejores
momentos.

A lo mejor es eso lo que me desazona: saber que lo que para mí siempre fue la vida para
otros es lo contrario y verlo ahora con toda su
brutalidad. Porque hasta hoy he sabido, es cierto, lo que un pantano significa, el dolor que produce a muchas personas que, como mis abuelos o
mi padre (también mis tíos, por lo que compruе-
bo hoy), sufrieron las consecuencias de la cons-
trucción de uno, pero lo que no había sentido

hasta esta mañana es el olor a podrido que el agua quieta desprende. Y ahí va a ir a parar mi abuelo. Con los árboles sumergidos. Con las ruinas de los pueblos, llenas de lodo, supongo. Con los fantasmas que han de vivir entre ellas convertidos en unos peces más. Alguno de ellos seguramente era como él y seguramente él se convierta en otro. Y algún día, cuando cualquiera de nosotros regresemos a este sitio y miremos el pantano como ahora, quizá veamos un pez que pasará cerca de la orilla y se quedará observándonos y en sus ojos descubriremos los del abuelo, su mirada de campesino esforzado y duro, tal vez un poco más triste...

Definitivamente, no me gusta nada esto. Mientras más contemplo este sitio, más fantasmal me parece, por mucho que a primera vista sea un lugar hermosísimo: el espejo del pantano, en el que se refleja el cielo, el verde puro de sus orillas, el gris de las altas peñas (la de enfrente es monumental) que rodean todo el valle no logran alejar de mí la impresión de estar ante un cementerio inmenso, una gran fosa común hecha con agua en lugar de con tierra. Por eso entiendo a mi abuela, cuya contrariedad, según tengo oído, al saber el deseo de mi abuelo de reposar para siempre aquí fue mayor que su sorpresa, y por eso entiendo a mi tío Agustín, que me ha dicho esta mañana que él quería quedarse en la laguna. Se ve que al hombre también el pantano le impresiona y le inquieta como a mí.

Y eso que no conoce la frase de los mafiosos americanos ni ha visto, como yo, el cadáver
de un hombre al que sacaron del mar en una playa de Tarragona, cerca del Delta del Ebro, comi-
do por las anguilas.

Virginia hija

Cuando tenía diez años, mi padre me llevó un día a León a ver a su hermano Juan, el único que se quedó en la provincia. Fue al año de llegar a la laguna y era la primera vez que se volvían a ver desde que aquél se fue de Ferreras.

Del tío Juan yo recuerdo su rabia ante la situación, una ira sorda y desesperada que le llevó a hacer cosas —los días antes de irse— como arrojar al río todo lo que no podía llevarse: el arado, los yugos, las herramientas más voluminosas, hasta el carro para transportar la hierba (lo arrastró él solo una noche mientras los demás dormían), para que nadie se apropiara de ellos, y a partir de Ferreras sin despedirse de los vecinos, como si éstos tuvieran la culpa. De nosotros sí lo hizo; al fin y al cabo éramos su familia. ¡Pobre tío Juan! Ahora que lo pienso, qué angustia no sentiría teniendo que dejar su aldea y, además, solo, pues se había quedado soltero. En León nos recibió en su casa, una vivienda de portería en un edificio del centro en el que le había buscado trabajo como portero (¡a él, que era puro campo!) un primo de Vegamián que vivía ya en León desde hacía tiempo. La casa estaba desordenada como cabía esperar de un hombre que vivía solo, pero lo que más me llamó la atención de ella fue que apenas si tenía muebles: una mesa con tres sillas en la sala-comedor, un sofá, una pequeña televisión y dos camas en las habitaciones, en una de las cuales dormimos mi padre y yo aquella noche. ¿Para qué quiero yo más muebles?, fue la respuesta que le dio a éste cuando le preguntó la razón de que viviera de un modo tan desasistido.

Por la noche, antes de acostarnos, mi padre y el tío Juan estuvieron recordando a otras personas, familiares que habían tomado rumbos diversos, como sus hermanos Nemesio y Balbina (los dos han fallecido ya), y vecinos de Ferreras que habían hecho lo mismo y de los que no habían vuelto a tener noticias, hasta que en un momento concreto los dos guardaron silencio y se quedaron así un buen rato sin darse cuenta de que yo los estaba mirando. Fue cuando vi a mi padre con lágrimas en los ojos por primera y única vez en toda su vida.

Aquella imagen ha regresado un montón de veces a mi memoria y siempre me ha emocionado. Ver a mi padre llorar, o mejor: contener con dificultad las lágrimas, él, que apenas manifestaba sus sentimientos, me conmovió tanto aquella noche que lo sigue haciendo aún y más en días como éstos en los que su figura lo domina todo. Desde que nos dijeron que se moría, la imagen de él que se apoderó de mí no fue la que podía ver del anciano que agonizaba en una cama de hospital rodeado de aparatos y ya sin expresión alguna ni cualquiera de las últimas que vi: en el jardín de la residencia, en Palencia, la última vez que lo visité, en la cocina de nuestra casa de la laguna el día antes de abandonarla, etcétera, sino aquella antigua de León, cuando en la casa de su hermano Juan hacía repaso junto a éste del paradero y la situación de sus familiares y de otros vecinos de Ferreras, de muchos de los cuales no habían vuelto a tener noticia. Se habían desperdigado por todo el país (alguno incluso por el extranjero) sin dejar ningún rastro detrás de ellos.

Creo que fue lo que más daño le hizo a mi padre. Separarse de su familia y de sus amigos, perder la relación con muchos de ellos incluso a través de correspondencia (de aquélla no había teléfonos en la laguna, salvo el público en el bar) fue lo que más le dolió y lo que le siguió apenando hasta los últimos años prácticamente de su existencia. Ya al final de ésta todavía se preguntaba de cuando en cuando (o se lo preguntaba a alguien que pensara que podía saber algo por la razón que fuese) qué habría sido de tal o cual persona de la que no había vuelto a tener noticias desde que se marchó del pueblo o con la que había perdido el contacto hacía mucho. Hubo gente, al parecer, que prefirió cortar toda relación con sus antiguos vecinos y comenzar desde cero una nueva vida para no seguir acordándose de lo que habían perdido sin remedio. Mi familia, por contra, mantuvo siempre el contacto con los que pudo, sobre todo con aquellos con los que tenía amistad, y eso se ha notado ayer en el funeral por mi padre en la iglesia de la laguna, en el que había muchas personas de fuera de ésta, la mayoría de ellas llegadas desde León. ¡Qué ufano se habría sentido de haberlas podido ver y qué triste al mismo tiempo!

Porque la mayoría ya eran mayores. Incluso aquellas que parecían más jóvenes tenían muchos años todas. Y es que de aquí ya no hay nadie con menos de cuarenta y cinco, nadie que haya podido nacer después de ese tiempo, que es el que hace que se anegaron los pueblos. Los que vivimos somos, pues, todos mayores de esa edad y cada vez vamos quedando menos, lógicamente. Y todavía menos de los que ya eran adultos cuando aquello sucedió y que eran los que llenaban la iglesia durante el funeral por su antiguo vecino de Ferreras. Luego alguno se pasó por nuestra casa, pero la mayoría regresaron a León o al lugar del que habían venido (hasta de Madrid los hubo) sin demorarse mucho más tiempo y con la sensación, seguro, de ser menos cada vez y, lo que es todavía peor, más viejos y más desconocidos entre ellos. Porque muchos no se veían desde hacía años, alguno incluso desde que dejó este valle. Y ese reencuentro al cabo de tanto tiempo y en un lugar tan extraño (incluso para nosotros lo es la laguna todavía hoy) les debió de producir sentimientos contrapuestos, máxime tratándose de una despedida. Una más, la última por el momento. Porque, como me decía mi madre, sólo se ven ya en los funerales.

Aunque no siempre fue así, que recuerde yo. Durante los primeros años, alguna gente volvía por el pantano y se encontraba con sus antiguos vecinos, bien fuera por casualidad, bien fuera porque habían quedado a propósito, e incluso había algunos pueblos, como Vegamián, que celebraban su fiesta cerca de donde solían (alguno aún sigue haciéndolo, me han dicho) y, si no toda, sí una parte de la gente se mantuvo en contacto mientras pudo. Pero poco a poco aquello se fue perdiendo. El transcurrir de los años, unido al fallecimiento de los más viejos, que eran los más leales a su memoria, hizo que aquella vinculación desapareciera y que apenas nadie volviera ya por aquí, salvo de modo individual y poco menos que clandestino. Porque llegó un momento en el que esto ya no era suyo. Al contrario, parecía que su presencia no era bien recibida aquí por los nuevos dueños (los gestores del pantano y los ganaderos que ahora aprovechan los pastos de alrededor), no porque fueran una amenaza para el lugar, sino porque recordaban lo que los demás no saben o ignoraron voluntariamente. Y eso no es conveniente para la tranquilidad del sitio. De hecho, si nos están viendo ahora y descubren lo que hemos venido a hacer aquí esta mañana seguro que no les gusta. No dirán nada porque no pueden, pero seguro que no les gusta. Todo lo que tenga que ver con la historia de este lugar les molesta, no porque nadie les vaya a pedir cuentas ya por ella, sino porque puede remover las conciencias de la gente que no sabe (o no quiere saber) lo que es un pantano realmente.

Hasta en esto molestamos. Y mira que mi padre jamás volvió por aquí hasta hoy y que nunca levantó la voz en su vida ni contra lo que aquí ocurrió ni contra lo que se encontró al llegar a Palencia, a aquel páramo enfangado que era la laguna entonces, cuando arribamos en el camión de Ramiro, el de la madera. ¡Cuántas veces he recordado ese viaje, la última esta mañana cuando veníamos hacia aquí! Los pueblos, los palomares, las acequias de riego, los caminos son parecidos a los de entonces, pero a la vez todo es tan distinto... E igual ocurre con la carretera. Todo ha cambiado mucho desde aquel día, como es natural. Si nosotros hemos cambiado, si yo ya no soy la niña que miraba los pueblos que atravesábamos camino de la llanura desde la cabina del camión, en la que íbamos junto a su dueño mi madre, Teresa, Agustín y yo (mi padre y José Antonio viajaban en la caja vigilando que nada fuera a caerse), todos apretujados como podíamos, mal podría no haberlo hecho la carretera, que ahora es casi una autopista y se la ve llena, además, de coches. Cuando nosotros nos íbamos de aquí apenas si nos cruzamos una docena de ellos en todo el viaje, o por lo menos a mí me quedó esa impresión.

Y, sin embargo, el paisaje es el mismo de aquel día. El mismo llano infinito y ocre hasta llegar a Sahagún y aún más acá, los mismos campos de regadío en torno al Esla y el Porma, los mismos prados por la ribera que sube hacia estas montañas y las mismas peñas calizas cortando el cielo y el horizonte al adentrarse en ellas pasado Boñar. En cuarenta y cinco años el mundo ha cambiado mucho, nosotros hemos cambiado mucho, más incluso de lo que quisiéramos, pero el paisaje apenas se ha modificado algo, salvo aquí arriba, lógicamente. Tras la pared de hormigón de la presa, cuya presencia anticipa ya que algo va a cambiar detrás, el mar de agua de este pantano constituye la única transformación de un paisaje que, por lo demás, permanece igual desde hace mil años. O mil siglos. O milenios... Desde que el mundo es mundo, este territorio ha permanecido igual hasta que alguien decidió un buen día transformarlo por completo.

Y lo consiguió, es verdad. Pero lo que consiguió también, además de apresar el río y transformar incluso el clima de la región (desde que se cerró el pantano dicen que han aumentado las nieblas y que nieva menos que antes, quién sabe si por la humedad), fue destrozar la vida de muchas personas o cuando menos cambiarlas sustancialmente. La mía, por ejemplo, a saber cómo habría discurrido de no haber sido por esta obra, y como la mía la de mis hermanos. La de mis padres, en cambio, está claro que cambiaron para mal, si no en lo económico, que no fue así, sí en su percepción de ellas. Para mis padres, el desarraigo que el pantano les supuso fue una pena añadida a su destierro que sobrellevaron toda su vida con gran dolor. Mi madre así lo demostró siempre. Mi padre, aunque lo ocultara, lo llevaba en su interior y quienes vivíamos con él lo sabíamos.

Ese dolor fue posiblemente el que le hizo tomar la decisión de volver cuando pudiera, que es lo que está haciendo hoy por más que sea convertido ya en cenizas y en recuerdo. Las cenizas se las tragará el pantano, pero el recuerdo quedará flotando en él y volverá a recibirnos a los que lo conocimos cada vez que regresemos a este sitio o pasemos cerca de estas montañas entre las que su espíritu seguirá alentando. Como los de sus antepasados, que son los míos, aquellos hombres y mujeres que construyeron nuestra memoria generación tras generación y de los que aquí estamos hoy somos herederos. Todos. Incluidos mis hijos, para los que este paisaje es ya una fantasía mía y quienes lo habitaron personajes de otro mundo del que su abuela les contaba historias cuando iban a verla de pequeños que apenas si comprendían porque las sentían muy lejos o porque no le prestaban toda la atención precisa. Y eso que yo siempre les insistí en que lo hicieran, no sólo por el respeto que les debían a sus abuelos como mayores, sino por lo que podían aprender de ellos. Me temo que sólo lo logré a medias y me arrepiento de no haberlo hecho aunque la culpa no sea mía en exclusiva.

La culpa la tenemos todos. Cuando yo era como ellos, por ejemplo, tampoco solía escuchar a mi abuela, que me contaba historias de la familia, la de Ferreras y la de Utrero, que era el pueblo de su padre, hoy un montón de ruinas al otro lado del pantano (ni siquiera se distinguen ya sus casas a lo lejos), y con el tiempo me arrepentí. Sobre todo cuando, viviendo ya en la laguna, intenté recordar aquellas historias y la mayoría se me presentaban rotas, sin final o sin principio o fragmentadas por mi desatención de entonces. Mi madre me ayudó a rehacer alguna, pero mi padre estaba siempre muy ocupado para atenderme. Y, cuando no lo estaba, lo simulaba con tal de no recordar anécdotas y a personas que le hacían volver a un tiempo que quería clausurar en su memoria por el dolor que le producía. Luego ya, cuando me casé y me fui, el que se clausuró fue el mío en aquella casa, aquellos años felices que, a pesar de las circunstancias, vivimos todos en la laguna antes de que los hijos nos dispersáramos, algo que sucedería muy pronto, pues en seguida comenzamos a crecer. Aunque la primera en irme fui yo —a pesar de ser la tercera—, pues me marché a estudiar a Palencia en aquel internado de monjas en el que la infancia me abandonó de golpe.

Por eso, al final, fui yo la que menos viví con mi familia. A cambio del privilegio de estudiar, que ni Teresa ni Toño tuvieron (cuando podían haberlo hecho las cosas en casa no iban tan bien), tuve que abandonar la laguna y, con ella, a mis padres y a mis hermanos. ¡Cuánto los eché de menos y cuánto añoré aquel pueblo recién construido desde la nada pero que para mí era el mejor del mundo! Y, sobre todo, cuánto añoré a mis padres y especialmente a este hombre al que hoy despedimos aquí y que para mí fue una referencia siempre por su honradez y su laboriosidad. Porque otra cosa no, pero trabajar trabajó toda su vida como el que más, incluso cuando ya casi no podía hacerlo. Por ayudar a Agustín mientras éste siguió con el capital o por la tristeza que le producía, cuando mi hermano lo abandonó finalmente, ver las fincas en baldío después de lo que nos había costado —a él y a toda la familia— ponerlas en producción.

En cualquier caso, puede descansar en paz. Después de tanto luchar, después de tanto trabajar y de sobreponerse a diferentes golpes, algunos definitivos para cualquier persona que no tuviera su fortaleza, puede regresar aquí con la conciencia de haber vivido toda su vida con dignidad, sin humillarse ante nadie ni pedir nada a nadie tampoco. Todo lo que consiguió lo fue a base de su trabajo y de su sudor y todo nos lo dio a nosotros, sus cuatro hijos aquí presentes, sin esperar nada a cambio por ello; ni siquiera en estos años de vejez en los que la enfermedad, además, le atacó también y lo sumió en un mundo de nieblas del que ya no regresó. Fue la lección que a mí me dejó al menos. A lo largo de todos estos años, durante los cuarenta y uno que hace que me fui de casa, he procurado seguirla para no sucumbir a esa otra niebla que es la melancolía, que siempre me ha acechado desde entonces. Ni siquiera el nacimiento de mis hijos me hizo olvidar a mis padres y aquel poblado creado desde la nada por ellos y otras personas como ellos en medio del desolado páramo palentino.

Lo único que me duele es no habérselo dicho nunca, que se haya ido sin conocer lo que yo he sentido por él en todo este tiempo en el que la lejanía física nos ha tenido alejados también emocionalmente, que no haya sido capaz de hacerle saber en vida lo que quizá ya sabe en este momento: que junto con mis hijos ha sido la persona más importante para mí y, junto con mi madre, la más valiente de todas. Sobre todo desde aquella noche en León en la que lo vi contener las lágrimas como ahora vuelvo a hacer yo.

Emilio

He hecho bien en venir. Aunque mi relación con Virginia es la que es, he hecho bien en venir por más que lo haya dudado hasta esta mañana, cuando he estado a punto de volver a Santander directamente sin acercarme hasta aquí para la despedida definitiva de mi suegro. Sé que mis hijos me lo agradecerán. Y la familia de mi mujer también.

Ella no, porque sigue dolida conmigo. Desde nuestra separación no ha dejado de estarlo un solo día y ya van seis años de aquélla. Un tiempo más que suficiente, pienso, para asumir una separación.

Recuerdo la primera vez que me trajo aquí, hasta el pantano, para enseñarme el lugar en el que nació. Fue al poco tiempo de conocernos y vinimos en mi coche, que acababa de comprar. Lo había pagado con los ahorros de mi primer año en el instituto. Virginia quería enseñarme este sitio, al que apenas había vuelto un par de veces desde que lo sumergió el pantano. Para ella era muy importante, me dijo. Por eso quería enseñármelo. Recuerdo el viaje desde Reinosa atravesando toda la cuenca minera, de Cervera hasta Cistierna, ya en la provincia de León, y de

Cistierna hasta estas montañas por unas carreteras llenas de curvas y de camiones que iban y venían transportando carbón de un lugar a otro.
Hoy, en cambio, viniendo desde Palencia, la carretera era una recta prácticamente hasta Boñar,
a diez kilómetros del pantano.

Por algún sitio debo de tener escrito el re-
lato de aquella excursión. Entonces yo lo escribía todo; aún no me había desengañado de la
escritura, como me desengañé de otras muchas
cosas. En mis primeros años como profesor, yo
aspiraba todavía a ser también escritor, tal era
mi pasión por las palabras, y dejaba por escrito
testimonio de todo lo que hacía y me ocurría,
máxime si se trataba de algo infrecuente o si me
sentía lleno de plenitud. Y aquel día, con Virginia a mi lado atravesando un territorio que era
nuevo para mí, yo me sentía el hombre más feliz
del mundo, todo lo contrario de lo que me ocurre hoy. Hoy me siento un fracasado, un hombre
que ni siquiera puede asistir al funeral de su suegro con la confianza del que sabe que es bien re-
cibido en él. Mi suegra y mis cuñados me han
dado las gracias por acudir, pero ese mismo agradecimiento me hace sentir más fuera de la familia. Si siguiera con Virginia, nadie me habría dado
las gracias por hacer lo que debo hacer.

Mis hijos sé que también me agradecen
mi presencia, que saben que no es fácil para mí.
Y no porque no sienta la muerte de su abuelo,
que la siento (mi suegro y yo siempre nos lleva-

mos bien), sino porque su madre no me dirige la palabra y así es difícil estar juntos en un mismo sitio. Aunque el sitio sea este lugar abierto, este paisaje grandioso y lleno de agua en el que las esquilas de las vacas y los pájaros le ponen un punto de bucolismo al dramático momento que Virginia y su familia están a punto de vivir: el de arrojar al pantano las cenizas de su padre, lo que certificará su despedida de él. Porque, mientras sus cenizas sigan con ellos guardadas en la urna que mi cuñada Teresa lleva en las manos como si fuera un tesoro tras el cual caminamos todos, mi suegro seguirá en el mundo, aunque sea convertido en un pequeño montón de polvo. Cuando se lo trague el agua habrá dejado de existir por más que su familia lo recuerde mucho tiempo.

Por eso éste es un momento difícil. Tan difícil como mi presencia en él, que cada vez tengo menos clara. Y no me refiero tanto a mi situación ahora en esta familia que fue la mía durante años pero que dejó de serlo cuando me casé de nuevo, ni siquiera al lugar que me corresponde en este cortejo (por discreción me he situado junto a mis hijos, pero con Virginia al lado no acabo de sentirme a gusto), como a lo que debo hacer y cómo debo actuar para no interferir en los sentimientos de los demás. A algunos, como a los de Barcelona, no había vuelto a verlos más desde mi separación y al resto apenas una o dos veces. Así que ahora yo aquí soy un ser extraño, casi tanto como la novia italiana del hijo mayor de Toño, que la pobre está igual que yo: observando a los demás sin saber muy bien cómo comportarse. Pero mi situación es más incómoda que la suya. La muchacha, al fin y al cabo, además de ser extranjera, con lo que se le perdona todo, pues se la supone ajena a las tradiciones de este país, acaba de llegar a esta familia (¡qué mal momento, la verdad, para presentarse a ella!), pero yo no tengo ninguna excusa que justifique mi incomodidad. Si me siento fuera de lugar es sencilla y puramente porque yo me lo busqué o, si no fui yo solo, fuimos Virginia y yo al alimón. Lo que pasa es que Virginia es parte de la familia y yo un allegado a ella, un forastero que durante dieciocho años compartió la vida del resto y que hoy, al cabo de otros seis años, se ha convertido en alguien ajeno a ellos. Aunque mis hijos sigan formando parte de la familia, pues la mitad de su sangre viene de aquí.

Son lo mejor que tengo. Mis hijos son lo mejor que voy a legar al mundo por más que Virginia piense que son solamente suyos. Durante bastante tiempo (hasta que salió la sentencia judicial) me impidió verlos, de hecho, aunque a raíz de ésta tuvo que claudicar. Además, Jesús y Laura son ya mayores de edad, con lo que no nos puede impedir estar juntos siempre que lo deseemos (el caso de Virginia es diferente, puesto que, con catorce años, sigue bajo su tutela). En cualquier caso, son ellos tres los que me han empujado a venir aquí a rendir el último adiós a su abuelo, un hombre bueno y honesto, educado a la antigua y poco expresivo, pero con el que siempre congenié muy bien mientras formé parte de su familia. Después imagino que me aborrecería, cuando, tras separarme de su hija, dejé de ir por su casa, pese a lo cual yo he seguido acordándome de él. De él y de las conversaciones que teníamos cuando en verano íbamos a la laguna (a veces coincidíamos con los de Barcelona, pero eso fue al principio sobre todo: después, tanto éstos como nosotros dejamos de ir en las vacaciones) y yo le acompañaba al campo a lo que fuera a hacer en cada momento. Mientras que en casa hablaba muy poco, allí mi suegro se relajaba y me contaba muchas anécdotas, algunas tan fascinantes que las llegué a escribir en forma de cuentos. Fuera de ellas, sus juicios sobre la vida, sobre la realidad en la que vivía (en la que vivíamos todos), sobre política o sobre agricultura, eran de tal sensatez que costaba oponerse a ellos por más que a veces uno no los compartiera. Era su forma de razonar, de exponer los argumentos sin ofender pero con firmeza, su manera de escuchar y de decir las que te desarmaban y convencían, como si lo importante fuera la forma y no el contenido de las palabras. En aquel tiempo yo estaba, además, fascinado por éstas, por su musicalidad y capacidad de sugestión, y escuchando a mi suegro era feliz. Lástima que poco a poco mis visitas a su casa comenzaran a espaciarse por la vida (el crecimiento de los hijos, su educación, la imposibilidad a veces de coordinar nuestras vacaciones con las de los de Valladolid, que solían ir todo el mes de agosto) hasta que definitivamente dejé de ir cuando me separé de Virginia, algo que a su familia, me consta, le produjo una gran decepción. Después de dieciocho años formando parte de ella me consideraban ya uno más.

Y en cierto modo me deben de considerarlo aún. No Virginia, por supuesto, ni mi suegra, que, aunque me haya dado las gracias por acudir al funeral por mi suegro ayer y mi presencia aquí esta mañana acompañándolos en un momento tan difícil para ellos, no se ha vuelto a dirigir a mí (seguramente le dé hasta apuro), pero sí mis cuñados y mis sobrinos, para los que, al fin y al cabo, la separación entre Virginia y yo, aparte de ser pasado, es cosa privada nuestra. Tanto Teresa como Miguel, y no digamos Agustín, cuya emoción al verme ayer en la iglesia lo delató (siempre fui su cuñado preferido, me parece), se han alegrado de volver a verme aunque sea en una circunstancia tan dolorosa como la que están viviendo. De los sobrinos no me atrevería a decirlo porque, cuando los vi por última vez, eran bastante más jóvenes, tanto como para que a algunos de ellos me haya costado reconocerlos incluso. Y a ellos les habrá pasado conmigo, supongo. Seis años son muchos años para alguien que entonces tenía menos de veinte.

Cuando conocí a Virginia, yo tenía veintiocho y ella tres menos que yo. Acababa de llegar a Reinosa, en una de cuyas escuelas comenzó a trabajar de maestra. En seguida me fijé en ella. Su pelo rubio y ojos azules no eran extraños en aquella zona, al contrario, pero los suyos eran diferentes. Tenían algo especial. Nos casamos a los dos años de conocernos, después de un noviazgo intenso y lleno de romanticismo. Yo le escribía poemas que le leía cuando estábamos a solas o le enviaba por carta a su casa, que compartía con otras dos maestras. Los fines de semana se iba siempre a la laguna, con sus padres, y yo esperaba su vuelta con la fruición de un adolescente. Pero aquella pasión murió. Tras varios años de matrimonio y la llegada de nuestros tres hijos, la pasión de nuestra juventud murió y el amor se desvaneció con ella como si ambos fueran la misma cosa. Pero Virginia no lo aceptó. Como al principio me ocurriera a mí, cuando tampoco era capaz de entender que los amores se mueren como las personas, Virginia se negó a aceptar el final del nuestro y por eso nunca me perdonó que yo sí lo hiciera. Siempre me ha culpado a mí de algo de lo que nadie tiene la culpa, tampoco ella.

A Jesús y a Laura se lo expliqué y creo que lo comprendieron. Y a Virginia se lo explicaré algún día, cuando tenga más edad. Pero a los que nunca se lo podré explicar es a Virginia y a su familia, a ella porque no me va a escuchar y a su familia porque, después de seis años de separados, le dé lo mismo seguramente. Salvo a mi suegra, pues para ella, como para mis padres, el matrimonio es para toda la vida como está demostrando hasta el final. Pertenece a una generación para la que la fidelidad lo es todo, ya sea con las personas o con los lugares mismos.

A veces me gustaría ser como ellos, como esos hombres y mujeres para los que la felicidad se basa en la fidelidad a otros y en conformarse con muy pocas cosas. Yo me conformo con pocas cosas, pero necesito algunas más que ellos y sobre todo necesito conocer a otras personas y otros lugares distintos de los que me corresponderían por mi nacimiento. Desde pequeño me ocurrió así y los años no han apagado ni atemperado mi curiosidad. Quizá por eso escribía de joven y quizá por eso también cambiaba de trabajo cada poco hasta que conocí a Virginia y me casé con ella: de Santander a Bilbao y a Burgos y de Burgos a Reinosa y a Santander de nuevo. Siempre necesité vivir experiencias nuevas y aún hoy lo sigo necesitando aunque ya en menor medida, es verdad. Pero a veces, como hoy, pienso que me gustaría también haber sido como esas personas que, como mis padres o los de Virginia, permanecieron toda la vida en el mismo sitio (en dos, en el caso de éstos), con la misma gente de siempre, dedicados a la misma actividad, y fueron felices. Aparentemente al menos fueron felices hasta el final, algo que yo no podría decir de mí a pesar de que toda mi vida la he empleado en lograr ese objetivo. ¿No será que el secreto de la felicidad es conformarte con lo que tienes, con lo que a base de esfuerzo vas consiguiendo por ti mismo, con el amor de unas pocas personas que la vida puso a tu lado, con la tranquilidad que dan la fidelidad y la compañía de una mujer a la que conociste un día y que, si entonces te pareció la mejor del mundo, quizá fue porque lo era?

Sería bonito, pero no lo creo. Para ser feliz de esa forma tendría que empezar de cero. Tendría que convertirme en otra persona (una persona como mis suegros, como mis padres, como tantos padres que he conocido, especialmente de su generación) y vivir como viven ellos: sin pretender otra cosa que ser felices aun sabiendo que la felicidad no existe.

Menos mal que mis hijos existen de verdad y que, como esta mañana aquí, están a mi lado siempre que los necesito.

Laura

¡Pobre mamá, cuánto ha llorado en estos dos días! ¿Lloraré yo así cuando papá se muera? Cuando se muera ella seguro, pero ¿cuando se muera papá también?... Tengo dudas, pero no porque no lo quiera como a mamá, sino porque mi relación con él es distinta. Lo veo menos que a ella, incluso ahora, que puedo hacerlo siempre que quiera.

Al abuelo también lo veía muy poco, sobre todo en estos años últimos. Quizá por eso, aun sintiendo que se haya muerto, no estoy tan triste como mamá, ni como la tía Teresa, a la que se la ve muy afectada igualmente. Tanto ayer en la iglesia, en el funeral, como hoy cuando veníamos hacia aquí, cada familia en su propio coche, uno detrás de otro (la abuela vino en el del tío Miguel y el tío Agustín con papá en el suyo; papá desde aquí se marcha directamente hacia Santander), todos se muestran muy afectados aunque no manifiesten sus sentimientos del mismo modo. El tío Toño, por ejemplo, apenas si ha soltado alguna lágrima y el tío Agustín ni eso.

Éste es el que me da más pena. A mí y al resto de la familia, pues es el que se queda más solo. Pero él no dice nada. Él se limita a mirar y a asentir cuando le decimos algo, como, por otra parte, ha hecho siempre desde que yo lo conozco cuando no sabe qué responder. Que es la mayor parte de las veces. El pobre tío Agustín no es tonto como mucha gente piensa, pero le falta malicia para la vida. Por eso los abuelos le protegieron más que a sus otros hijos, y por eso todo el mundo en la laguna lo trata con más cariño que a los demás. Porque, aparte de todo, es muy bueno.

Mamá siempre lo ha querido mucho. Y los demás hermanos también. Pero en cuanto acabe esto, en cuanto las cenizas de mi abuelo reposen finalmente en el pantano y todos regresemos, primero a la laguna y luego, desde allí, cada uno a la ciudad en la que vive, el tío Agustín se quedará solo en la casa que sigue siendo la de sus padres pero que desde que éstos se fueron a la residencia ocupa sólo él, si bien más solo que hasta ahora. Aunque los abuelos jamás volvieron a la laguna (fue entrar en la residencia y mi abuelo perdió la cabeza por completo), seguían viviendo y él sabía que estaban cerca de él. Pero a partir de mañana ya sólo la abuela seguirá en aquélla. O en la casa, si es que le da por volver a ésta. Decida lo que decida, lo que está claro es que al tío Agustín la soledad lo atenazará un poco más a partir de ahora aunque a él no parezca preocuparle mucho. Está ya habituado a ella desde que, pequeño aún, vio cómo sus hermanos se iban marchando de casa y lo dejaban solo con

unos padres que, por otra parte, se iban haciendo mayores.

Espero que a mi hermana no le pase lo mismo con mamá. Aunque Jesús y yo seguimos viviendo en casa todavía, tarde o temprano nos
marcharemos y entonces se quedarán las dos solas.
Aunque yo por lo menos pienso seguir cerca de
ellas mientras pueda. Salvo que me vaya a vivir a
otra ciudad, cosa que no desearía, pienso seguir
visitándolas a menudo y lo mismo haré con mamá
cuando mi hermana también se vaya, que ocurrirá. Desde que la abandonó papá, lo que más le
preocupa a mamá, aparte de sus hijos, es saber que
se va a quedar sola algún día. Por eso la muerte
del abuelo la angustia más que a los otros tíos:
porque sabe que, como el tío Agustín, ella lo ne-
cesitaba más.

Pero se ha muerto. El abuelo se murió y
ya es un puñado de cenizas que mi tía Teresa se
dispone a arrojar al agua del pantano cuando abra
la urna funeraria en que las trae. ¡Parece mentira
que una persona quede reducida a eso! Pero es
así. Una persona como mi abuelo, cuya corpu-
lencia no disminuyó siquiera al hacerse viejo, al
contrario, yo creo que aumentó con su inactivi-
dad forzosa, al final se reduce a un puñado de cenizas que caben en una lata menor que la mano
que la porta. Eso es el alma de una persona, el re-
sumen de lo que fue su vida. Y eso es lo que dentro de unos instantes, cuando la tía Teresa consi-
ga abrir la urna de latón (parece que le cuesta

hacerlo), vamos a arrojar al agua junto con el ramo de flores que la abuela cogió ayer del ataúd antes de que lo llevaran al crematorio y las coronas de flores desaparecieran. ¿Quién se las llevaría, por cierto? ¿La tía Teresa a Valladolid? ¿Algún vecino de la laguna para dejarlas en el cementerio? ¿O quedarían en la iglesia, esa iglesia blanca y roja como todas las casas del poblado que ayer estaba a rebosar, signo de que al abuelo lo quería mucha gente?

En cualquier caso, son más bonitas las flores que salpican las praderas alrededor del pantano esta mañana de abril. Alrededor de nosotros y hasta la orilla, las margaritas y las orquídeas silvestres (creo que son orquídeas silvestres; se lo preguntaré a mi abuela cuando acabemos, ella seguro que las conoce) parecen haber brotado expresamente este mediodía para despedir al hombre que, según nos contó la abuela cuando veníamos, cuidó en este mismo sitio muchas veces las ovejas y de su casa antes de que el pantano los obligara a marchar de aquí. Y, además, estas flores no desaparecerán con él. Se quedarán, al contrario, acompañándolo mucho tiempo, el que dure la primavera en estas montañas y en este lugar precioso que el abuelo eligió para su sepultura. ¿Qué mejor sitio para descansar en paz después de tanto como trabajó en su vida?

Parece que por fin la tía Teresa ha conseguido abrir la urna de las cenizas con la ayuda del tío Toño. Son los dos hermanos mayores y los que ejercen, por ello, de jefes de la familia. Mamá y el tío Agustín, más pequeños, se limitan a hacer lo que dicen ellos, pese a que no siempre estén de acuerdo. Mamá dice que prefiere obedecer a discutir, en especial con la tía Teresa, que está acostumbrada a organizarlo todo. Aunque también, es cierto, le reconoce, es la que más se ha ocupado de los abuelos, porque es la que vive más cerca. Por eso (y porque esta mañana fue a recogerlas al crematorio de Valladolid, que fue adonde llevaron al abuelo a incinerar, pues en Palencia no hay crematorio, según parece), desde el primer momento cogió la urna con las cenizas y no la ha soltado hasta ahora, cuando ha conseguido abrirla en una operación cuya carga emocional es aún mayor que la dificultad que parece requiere llevarla a cabo. Y ahora todos contemplamos en silencio el contenido de esa caja de latón cuya fragilidad nos trae a la memoria, a cada uno de una manera y en cada caso en una ocasión, el recuerdo del abuelo que más grabado nos quedó en ella. En el mío, el de la tarde en que lo acompañé a ver el mar desde el Sardinero, la primera vez que la abuela y él vinieron a visitarnos a Santander. Fue cuando se separaron mis padres y yo tenía dieciséis años. Los abuelos apenas habían salido de la laguna y de su pueblo en estas montañas antes y el mar lo habían visto una sola vez, cuando fueron a la boda del tío Toño a Barcelona. Recuerdo que el abuelo se quedó mirando el mar en silencio. Incluso cuando la abuela y yo nos sentamos en un banco del paseo, él continuó mirándolo ajeno a lo que ocurría a su alrededor. Al contraluz del anochecer, que había empezado a caer (era diciembre y en Santander en el invierno los días duran muy poco), su silueta me pareció la de un náufrago, un marinero de tierra adentro acostumbrado a salvar todo tipo de temporales, pero que ante el mar de verdad se empequeñecía.

Recuerdo ahora aquella imagen viendo la urna con sus cenizas y siento que aquella tarde del Sardinero no la olvidaré ya nunca, como tampoco olvidaré esta mañana de abril y este paisaje lleno de flores que parecen haber brotado para mi abuelo, para acompañar su viaje hacia el más allá desde el lugar que él mismo eligió para realizarlo. Al final va a ser verdad que todo se reduce a unas imágenes, a unos paisajes que nos marcaron, a unas personas que nos acompañarán por siempre incluso cuando ya no estemos en este mundo para recordarlas. Eso es la vida, dice papá.

Jesús

Llegó el momento de la despedida.

Por lo que veo, parece que por fin mi tía Teresa (o mi abuela, a saber quién) arrojará al pantano las cenizas y todo se habrá acabado para mi abuelo. La verdad es que la emoción se palpa.

Estamos todos ya junto a la orilla. Rodeando a la abuela, que ocupa el centro del grupo. Todos guardando silencio y sin saber qué hacer, por las expresiones. Los hay que miran al agua, como mi padre, y los hay que lo hacen al cielo, como el tío Miguel (está rezando, creo intuir). Entre los primos cada uno tiene una expresión distinta. Se nota que la mayoría es la primera vez que asistimos a una ceremonia de este tipo.

Y va a ser por el abuelo. Nunca lo habría imaginado, la verdad. Lo habría pensado de cualquier otro de la familia, pero no del abuelo, ni de la abuela, que siempre han sido tan religiosos. A ellos les cuadra más un entierro al uso, tradicional, en el cementerio de la laguna, junto a sus vecinos. Pero no aquí, ni reducidos a cenizas como si fueran ateos. Aunque mamá me ha explicado la razón: el abuelo quería volver al sitio en el que nació y ésta era la única manera de poder hacerlo.

¡Qué querencia a los orígenes! A mí, que siempre he visto Santander como una ciudad ajena por más que haya nacido en ella, me sorprende la querencia de la gente a sus orígenes, tanto la que los conserva siempre como la que los perdió algún día. Como mamá, para la que la laguna es una ensoñación de la que no se desprende a pesar de los años que hace que la abandonó.

Así que no me extraña que mi abuelo, que nunca dejó estas montañas realmente como lo prueba su decisión, haya querido volver aquí aunque tenga que hacerlo en espíritu. Lo que me sorprende es la resignación con que la abuela ha aceptado esa decisión y está dispuesta a cumplirla, siendo como es tan conservadora. Pero ahí está, pisando casi el agua del pantano que cubre los paisajes de su vida (de la primera mitad de su vida; la otra mitad la ha pasado lejos, aunque nunca dejó de recordarlos pese a ello), dispuesta a ver cómo el hombre con el que la compartió hasta ayer desaparece para siempre bajo aquél. Como su pueblo. Como su pasado. Como el recuerdo de la existencia que aquí pasó cuando el embalse era una quimera aún, una palabra desconocida para la gente, que vivía confiada y ajena a una amenaza de ese tipo. Al menos así me lo contaron mi madre y ella cuando iba a la laguna de chaval. La abuela con más dolor, pues lo vivió todo con más consciencia.

El abuelo no hablaba de ello (yo al menos jamás le vi que lo hiciera), pero su deseo de volver aquí demuestra que también él añoraba este lugar. Tanto como para decidir (según mi madre, hace muchos años; se lo contó la abuela a ella y a sus hermanos cuando se lo comunicó al morir) que incineraran sus restos, algo que con su mentalidad le debió de costar bastante llegar a pensar siquiera. Pero lo hizo. Y aquí está lo que queda de él: un montoncito de polvo gris, poco más que la ceniza de una hoguera o que la estela de una estrella fugitiva, dispuesto a reintegrarse a la tierra de la que surgió. Como en las fincas de la laguna que trabajaba o en las de su pueblo antes, sus cenizas son ahora las semillas que germinarán un día cuando el pantano sea desecado, cosa que ocurrirá alguna vez, y el valle vuelva a surgir y a llenarse de árboles y carreteras que llevarán de una aldea a otra, pues también éstas ocuparán nuevamente el valle. Como en los sueños de mis abuelos, estoy seguro de que el paisaje que aquí hubo en tiempos volverá a surgir entre las montañas como lo hizo el fondo de la laguna que durante millones de años cubrió las tierras que mis abuelos ayudaron a recuperar y la vida volverá a bullir en él y con ella las de los hombres y las mujeres que decidieron alimentarlo con sus cenizas y con su espíritu. Como mi abuelo ahora, cincuenta años después de dejar su pueblo.

La abuela me ha contado muchas veces cómo fue la partida hacia la laguna y lo mucho que les costó rehacer su vida lejos de aquí. Pese a ello, nunca he entendido su fijación con este lugar y con la memoria de sus antepasados. Respetando a los míos, que son ellos, entre otros, yo prefiero mirar hacia delante, hacia el tiempo que me queda por vivir, que todavía es mucho, o eso espero, pues soy todavía muy joven (ayer cumplí diecinueve años). Y lo quiero vivir con ilusión. Para ello necesito, como he hecho hasta este momento, dejar atrás los recuerdos tristes, no regodearme en ellos como mi madre, o como mis abuelos, cuya memoria les ha impedido vivir con más alegría. No sé lo que pensaré cuando sea ya viejo, pero hoy por hoy lo único a lo que yo aspiro es a no parecerme a ellos.

Lógicamente, jamás se lo contaré a mi abuela. La pobre bastante tiene con lo que ha sido como para que encima yo critique su actitud y su forma de vivir; allá ella con su vida. Aunque también tiene una responsabilidad. La de haber transmitido a sus cuatro hijos la negatividad que siente y que guía todas sus actuaciones. Tanto mi madre como sus hermanos, con excepción del tío Agustín, que parece que no siente ni padece, otra cosa es que sea así, arrastran sobre sus espaldas un resentimiento extraño y una tristeza que no les pertenece. Especialmente mi madre, que salió de aquí tan pequeña que apenas guarda recuerdos nítidos, no tendría por qué sentirse tan vinculada a este sitio ni tan traumatizada por su desaparición. Que se sintieran así sus padres o sus hermanos mayores, que ya eran más conscientes de lo que suponía el pantano cuando los obligó a emigrar, lo entiendo, pero no que alguien que, como mi madre, se fue con nueve años tan sólo sufra lo mismo que ellos. Pero en fin, cada uno siente lo que siente y yo no soy quién para juzgar a nadie y menos por sus sentimientos. En todo caso, puedo exigir que me dejen a mí vivir ajeno a ellos, pues me parecen autodestructivos. Yo necesito y quiero vivir sin mirar atrás, sin añorar un tiempo que ya pasó y que afortunadamente no volverá, porque, pese a que mi abuela crea que era mejor, no lo era en realidad y la prueba es ella misma. ¿Cómo sería su vida ahora si hubiera seguido aquí? ¿Viviría feliz y sin pena como imagina o, por el contrario, sería una anciana doblada por el trabajo, aún más de lo que ya lo está? Por lo que yo he leído sobre esta zona y por lo que le he escuchado a la gente, la vida en estas montañas era muy dura, mucho más que en la laguna, aunque tampoco en ésta fuera muy fácil.

Pero mi abuela nunca lo reconocerá. Para ella este valle era la Arcadia y se irá al otro mundo con esa idea. Y está bien que sea así. De lo contrario, ¿qué sería de ella? Por eso es de agradecer que hoy las orillas del pantano y las praderas que lo rodean parezcan una representación de aquélla, del lugar en el que la felicidad existe, no como en el mundo real. Así la abuela se quedará tranquila aunque la pena la martirice por la desaparición del hombre cuyo destino compartió y volverá a compartir muy pronto, pues no creo que le sobreviva mucho. Setenta años viviendo juntos son muchos años para proseguir sin él.

Virginia nieta

Dicen que me parezco mucho a mi abuelo. Yo no lo veo, pero la gente dice que me parezco a él, más que físicamente, en las expresiones. Ayer papá también me lo dijo.

Yo creo que lo dicen porque están tristes porque el abuelo se ha muerto. Yo también estoy triste, aunque mucho menos. De todos, soy la que menos lo conocí y la que menos tiempo pasé con él, pues ya era viejo cuando yo nací. Entre eso y que en seguida se puso enfermo y lo llevaron a una residencia, no tuve mucho tiempo de estar con él pese a que digan que nos parecemos mucho. Los que más, según toda la familia.

Pero eso no me hace sentirme más cerca de él que mis dos hermanos. Ni que mis primos, sobre todo las primas de Valladolid, que, como son las mayores, lo trataron más que nosotros, que además íbamos menos a visitarlo que ellas. De Santander a Palencia hay más kilómetros y mamá no conduce ni tiene coche. Cuando papá vivía con nosotros nos llevaba él, pero yo casi ya ni me acuerdo.

De lo que yo me acuerdo es de llegar al pueblo en el autobús. Lo cogíamos en Palencia, junto a la estación del tren, y hacíamos el camino en poco menos de media hora. Ayer, en cambio, cuando mis hermanos y yo llegamos en el tren (mamá había venido dos días antes), el tío Miguel y ella estaban esperándonos para llevarnos a la laguna en coche. La llegada a la casa fue muy triste. En la cocina de los abuelos había gente reunida y la abuela, cuando nos vio aparecer, comenzó a llorar como si nuestra presencia le removiera todo el dolor que tenía dentro. Debe de ser muy triste quedarse viuda siendo tan vieja. Aunque, si hubiera sido al revés: que el que se hubiese quedado viudo fuese el abuelo, estoy segura de que éste no habría llorado. Los hombres lloran menos que las mujeres.

Aunque la verdad es que yo no lloro desde hace tiempo ya. Desde que se murió *Sansón*, va a hacer un año en el mes de julio. *Sansón* había vivido siempre con nosotros, por eso me dolió tanto su muerte. Me pasé llorando dos días. Y, sin embargo, por mi abuelo no he soltado ni una lágrima, ni siquiera ayer en la iglesia, en la que mucha gente lo hacía.

Pero ahora debería llorar. Mamá lo hace y Laura también y, como ellas, la abuela y la tía Teresa. También las primas de Valladolid. En cambio, de los hombres no llora ninguno. Aunque al tío Toño se le nota que lo ha hecho: tiene los ojos hinchados y un poco rojos. Yo, en cambio, los tengo secos del todo y, aunque me gustaría llorar, no consigo hacerlo. ¡Con lo fácil que parece!...

Quizá es que no estoy lo bastante triste. O que el pantano no me da miedo como a mamá, que lo contempla como si fuera un lugar terrible. A mí, en cambio, me parece muy bonito, con las nubes reflejándose en el agua y las vacas pastando alrededor de él. Me recuerda a los prados de Santander, aunque por aquí no hay pueblos ni caseríos. Ni mar, pese a que el pantano quiera recordarlo un poco. Le faltan olas y movimiento. Excepto un suave oleaje junto a la orilla, el agua aquí está parada, tanto que parece quieta. Me recuerda a los lagos de los belenes, esos que hacíamos en el colegio con papel de plata. Y, a pesar de que sé que debajo hay muchos metros de agua, a mí no me asusta como a mamá porque a mí el agua no me da miedo. Al contrario, es lo que más me gusta del mundo, tanto que me gustaría estudiar para capitán de barcos cuando sea mayor.

Desde que veo el pantano, estoy buscándolos por la orilla, pero no he descubierto ninguno. Y es extraño. Con la cantidad de agua que debe de haber (mi padre dice que cubre mucho en el centro), tiene que haber alguno, aunque sólo sea de pescadores. Si lo encontráramos, podríamos cogerlo y tirar desde él las cenizas del abuelo más lejos de donde estamos, que sería mucho más bonito. Hasta podríamos ir todos en procesión como los marineros de Santander el día de su fiesta, que me llevó papá a ver una vez al puerto. Así la abuela podría tirar también su ramo de flores sin miedo a que la corriente lo devuelva hasta la orilla, que es lo que le va a pasar tirándolo aquí. Y lo comerá una vaca. Aunque al abuelo no le importará. El abuelo está ya en el cielo, detrás de esas nubes blancas que cubren todas las peñas y que se reflejan junto con ellas en el espejo de la superficie, y no le importa lo que aquí ocurra porque ya no lo puede ver. Así que yo no debo preocuparme por no llorar porque no me ve. Además, él sabe que lo quería. Lo sabe porque se lo dije ayer cuando cerraron el ataúd para llevarlo a la iglesia para la misa. Se lo dije en voz baja para que nadie me oyera, pero estoy segura de que él me oyó.

«¡Así me gusta, que seas valiente!», me dice papá ahora agarrándome la mano y apretándomela con fuerza; lo hace en voz baja también, para que nadie le oiga. La tía Teresa acaba de volcar las cenizas del abuelo sobre el agua y todos las miramos alejarse de la orilla y convertirse en un remolino, una burbuja de espuma negra que flota un rato como una boya hasta que desaparece finalmente de nuestra vista. La abuela, que está llorando, se queda quieta mirando el sitio hasta que la tía Teresa y mamá, que son las que están más cerca, una a su izquierda y otra a su derecha (el tío Toño se ha quedado detrás de ellas y los demás a la espalda de éste), le dicen algo al oído. La abuela las obedece y arroja hasta donde alcanza el ramo de flores que trajo desde la laguna; son flores blancas, también alguna amarilla y roja, incluso hay una de color malva, creo advertir. El ramo queda flotando por un momento donde cayó, a dos metros escasos de la orilla, pero en seguida comienza a deslizarse hacia el centro también llevado por el reflujo que el agua forma al chocar contra la ladera. Mientras lo hace, las flores van separándose, pues la abuela les quitó el lazo que las ataba para quedárselo de recuerdo. Poco a poco, de esa forma, como antes las cenizas del abuelo, van sucumbiendo en los remolinos que, aunque parecía quieta, el agua forma en determinados sitios y algunas desaparecen debajo de ella pese a que en seguida reaparecen y vuelven a deslizarse por el pantano. Desde la orilla, entre tanto, mi familia sigue mirándolas sin moverse, como si ninguno se atreviera a hacerlo. Ni siquiera el tío Agustín, que va a su aire como acostumbra y que se ha quedado apartado de los demás y mira al agua como si estuviera solo. ¿Qué pensará, si es que está pensando en algo?

«Ahí será feliz para siempre», me dice mi padre ahora al oído sin saber que yo estoy pensando en lo que pensará mi tío Agustín.

Agustín

Hay distintas formas de mirar el agua, depende de cada uno y de lo que busque. Siempre me lo dijo él.

Él lo sabía todo del agua, y del aire, y de la tierra... Él sabía, por ejemplo, cuándo iba a llover y lo decía: «Va a llover». Y llovía. Nunca se equivocaba. Sólo una vez no acertó y fue cuando la tormenta que no trajo agua porque era seca, pero quemó la cosecha que teníamos en la era para trillar. Cayó un rayo y ardió todo, hasta los trillos, que hubo que comprar de nuevo.

La forma de mirar el agua me la enseñó él también. Él me lo enseñaba todo. Desde que empecé a ser hombre, él me enseñó todo lo que sé, más que mi madre, que me ha enseñado muy pocas cosas. Mi madre lo único que hace es regañarme, menos mal que ahora está en la residencia. Él, en cambio, me decía: «Prepárate, que vamos a trabajar». Por el camino me decía lo que haríamos y en qué fincas y así todo iba a la perfección. Yo me dejaba guiar por él. ¿Qué iba a discutirle yo si él lo sabía todo?

Recuerdo, por ejemplo, aquel invierno que heló tanto que los frutales se congelaban y se morían de puro frío. La gente no sabía qué hacer, pero mi padre en seguida encontró la solución: hacer hogueras junto a los troncos para calentar la savia. Y se salvaron la mayoría de ellos. E igual el año de las orugas que se comían las plantas del girasol. Él en seguida dijo que había que envenenarlas con un producto que fue a buscar a Palencia. Y así salvó la cosecha.

Pero de lo que más sabía él era del ganado. Como toda la vida tuvo vacas, incluso anduvo al trato cuando era más joven, lo sabía todo de ellas, y de los cerdos, y de las ovejas. En la laguna nunca tuvimos ovejas, sólo vacas y caballos (el mejor de todos fue *Susarón*, ¡cómo tiraba él solo del carro!), pero, cuando algún vecino tenía un problema con sus ovejas, siempre recurría a él. Era el que más sabía de la laguna. De enfermedades, de lo que fuera. Le bastaba con ver las ovejas para saber qué enfermedad padecían.

A las personas también las conocía en seguida. Como dijera que alguien no le gustaba, acertaba. Y al revés: como dijera que alguien era de fiar, lo mismo. Por eso yo le hacía caso siempre, incluso cuando ya estaba en la residencia. Cuando tenía que hacer algo pensaba qué haría él y eso hacía. Y lo seguiré haciendo, ahora con más razón todavía. Porque sé que él no está muerto del todo. Lo sé desde esta mañana, cuando lo vi en el corral sentado al lado del banco de las herramientas. No se lo he dicho a nadie para que no me tomen por loco.

Aunque a mí me da igual lo que piensen. Sé que esta tarde se marcharán y me quedaré solo en casa y así no tendré que contar con nadie para gobernar mi vida. Excepto con él. Él y yo seguiremos gobernando nuestra casa y nuestras vidas salvo que mi madre venga de visita, que espero que sea poco. No es que yo no la quiera, que la quiero, es que no me gusta que me esté mandando siempre. Haz esto, haz lo otro, vete a tal sitio, vete al otro, así está todo el día. ¡Con lo bien que vivo yo solo desde que se fueron a la residencia!... Aunque a él sí lo eché de menos. De él sí me acordé bastante porque estábamos todo el día juntos.

Sobre todo a partir de que Toño se fue a hacer el servicio militar a Barcelona (yo no lo hice, mi padre no me dejó), hemos estado juntos a todas horas, los dos solos casi siempre, excepto en casa, donde mi madre nos esperaba cuando volvíamos del campo o de donde fuera. Teresa se había casado ya y Virginia estaba estudiando en Palencia para maestra. Venían de vez en cuando de visita, sobre todo Virginia hasta que se casó también, pero, salvo en verano y en Navidad, yo estaba solo con mi madre y él casi todo el tiempo. Así que los tres vivimos felices, mi padre y yo trabajando el campo y mi madre cuidando de la casa y de los animales, que eran ya pocos. Cuando Toño dijo que no volvía, que se quedaba a vivir en Barcelona y se casaba, mi padre vendió las vacas y nos quedamos sólo con la agricultura. Entre él y yo nos bastábamos para atender las tierras y para vivir los tres era suficiente. Luego, cuando se hicieron viejos, dejamos también las tierras, pues yo solo no podía con todo. Y además ¿para qué tanto trabajar? Cobrando ellos la pensión, para los tres teníamos más que de sobra.

Ahora cobraré yo la suya, dicen. Me lo dijo ayer Miguel y esta mañana otra vez Teresa. Aunque a mí me importa poco. Para vivir me sobra con lo que tengo, no necesito más. Teniendo para tabaco y para café me sobra todo el dinero. Y de comer nunca va a faltarme. Teresa viene cada ocho días y me trae comida para otros ocho. Porque lo que no sé es cocinar. Mi madre no me enseñó y él tampoco me dejó que aprendiera. Decía que la cocina es cosa de las mujeres. Pero me habría venido bien. Así no tendría Teresa que ir y venir cada poco y yo viviría más tranquilo. Cada vez que mi hermana aparece, aparte de revolucionar la casa, me regaña igual que mi madre, porque dice que la tengo hecha una pocilga.

Él, en cambio, jamás me regañaba. Ni cuando era pequeño, que los padres suelen reñir a los hijos por cualquier cosa. A mí él nunca me riñó, ni siquiera el día en que le volqué el tractor, que me dejaba conducir por los caminos y por las fincas alguna vez. Aquélla no le hice caso y, por arrimarme mucho a una cuneta, metí una rueda dentro y volcamos; menos mal que no nos pasó nada a ninguno. El año anterior se había matado un hombre en Villaumbrales de la misma forma. Yo pensé que me iba a reñir, pero, en lugar de eso, cuando se levantó del suelo, lo que hizo fue venir a ver si yo estaba bien, que lo estaba, y, cuando vio que no nos había pasado nada a ninguno, me pasó el brazo por el hombro y me dijo que íbamos a ir a celebrarlo al bar. Eso sí, cuando algún vecino nos ayudara con su tractor a volver a enderezar el nuestro.

La verdad es que mi padre siempre me trató muy bien. Por eso lo quiero tanto, más que a mi madre, aunque también la quiero. Y a mis hermanos lo mismo. Y a mis sobrinos, sobre todo a los de Valladolid, que son los que más vienen a verme. Pero al que más quiero es a él. Y al que más quiere él es a mí. No me lo dijo nunca, pero lo sé porque era con el que más hablaba y con el que más horas pasaba antes de irse a la residencia. Incluso en ésta, cuando íbamos a verlo, con el que más hablaba era conmigo, mucho más que con Teresa, a la que tenía cierta prevención. Decía que mi hermana, como mi madre, siempre estaba organizándole la vida.

A mí, por suerte, no me la organiza nadie. Desde que vivo solo, soy el dueño de mi vida y hago lo que me parece. La gente piensa que vivir solo es muy triste, pero se equivoca. Yo soy muy feliz así. Aunque lo sería aún más si él estuviera conmigo, los dos juntos, sin mi madre, como la vez que ésta estuvo en el hospital y nos quedamos solos una semana entera. ¡Qué bien vivimos aquellos días!

Por suerte, ahora vamos a vivir así: él aquí y yo en nuestra casa, pero más unidos que nunca. Me lo dijo esta mañana antes de subir al coche: «Me voy, pero estaré contigo siempre que me necesites». Y yo sé que lo va a hacer. Siempre cumplió su palabra, se nota que le quedó la costumbre de cuando fue tratante de vacas por estas montañas. En las ciudades la gente no es de fiar, lo sé por mis hermanos y por algún sobrino, que me lo cuentan, y en la laguna algunos tampoco, mis vecinos por ejemplo, que me están vigilando siempre, pero él era un hombre de una palabra. Así que no tengo duda de que vendrá siempre que lo necesite, siempre que quiera un consejo suyo, siempre que me sienta solo, que será cuando me haga viejo. Porque él no va a envejecer ya más. Él se va a quedar siempre como era, como lo vi esta mañana antes de subir al coche, sentado en el corral, en el rincón del banco de las herramientas.

Era su sitio preferido. Sobre todo en el invierno, cuando en el campo no hay nada que hacer porque la tierra está quemada por los hielos, se pasaba las horas en ese rincón, al abrigo de las temperaturas, arreglando alguna herramienta o preparando otras para la primavera. En la cocina no le gustaba estar; el calor del fuego le adormecía, me decía siempre. Uno de aquellos días de invierno fue cuando me contó lo de Valentín, el hermano mayor, que murió muy pronto y por el que mi madre llora todavía alguna vez a pesar de que ya han pasado sesenta años o más, y otro me confesó lo que pensaba hacer cuando se muriera, que es lo que acaba de hacer hace unos instantes. Me lo dijo en gran secreto, pidiéndome que no se lo contara a nadie, y yo así lo hice. Pero se ve que mi madre se enteró. O que se lo contó él a ella también cuando vio que la muerte se le aproximaba. Porque yo a nadie se lo conté. Ni siquiera dije que lo sabía cuando mi madre nos lo anunció a sus hijos en el hospital cuando iba a morir. Es mejor que nadie sepa lo que tú sabes, así te evitas problemas.

El día en que me lo contó ya mis hermanos vivían fuera de casa, quizá lo hizo por eso. Para que sólo yo lo supiera. Me acuerdo de que estábamos arreglando una rueda del tractor y de repente me preguntó si le guardaría un secreto. Yo le contesté que sí, no hacía falta, pero lo hice, y él me confesó entonces que, cuando se muriera, quería que le trajéramos de vuelta al pantano, lo más cerca posible del lugar en el que estuvo el pueblo en el que nacimos, del que ya no quedan ni los recuerdos. Yo por lo menos no tengo ninguno. Era pequeño cuando me fui y de lo único que me acuerdo de él es de la peña que lo cubría y que es la misma que ahora estoy viendo, sólo que sumergida a medias bajo el pantano. Lo sé porque está mellada, como si le faltara un diente, igual que la veía entonces.

Otra vez, tiempo después, un día que caminábamos al lado de un canal de riego, me enseñó cómo había que mirar el agua. Porque no todo el mundo la mira de la misma forma, me dijo. Unos lo único que ven de ella es su interés, si les sirve para beber o para regar las tierras, para venderla en garrafas como hacen muchas empresas, mientras que otros la miran sin fijarse en ella, al pasar al lado de un río, de un pozo o de una laguna. Pero nosotros, me dijo él, tenemos que ver el agua de otra manera. Nosotros no podemos contemplarla sin respeto después de lo que nos supuso ni despreciarla como hacen otros, esos que la malgastan sin darle uso porque no saben lo que cuesta conseguirla. Y, mientras lo decía, mi padre miraba el agua del canal, que corría libre de finca en finca aquella mañana sin nadie que la robara excepto los pájaros, que bebían de ella al pasar volando sin detenerse a mirarla como nosotros. Debía de ser primavera, porque el cielo estaba limpio y azul como el de esta mañana.

Desde aquel día yo miro el agua siempre como él me dijo: con respeto y emoción, pues se lo debo a mis antepasados. Por eso me duele ver a gente tirar cosas a ella o derrocharla, como le dolía a él, que se enfadaba con el que lo hacía. Hasta llegó a pelearse un día con un cazador de Palencia al que descubrimos tirando cartuchos a un canal de riego. Menos mal que vinieron los compañeros de éste a separarlos, porque mi padre estaba furioso y yo no me atrevía a meterme entre los dos. Yo no soy tan valiente como él. Yo en seguida me acobardo en cuanto alguien se enfada conmigo.

Menos mal que mi padre me defendía de todos. Y espero que siga haciéndolo, pues el hecho de que esté muerto no supone que no pueda seguir defendiéndome como hasta ahora. Yo sé que cuento con él y, cuando lo necesite, lo llamaré haciendo lo que él me dijo cuando me enseñó aquel día a mirar el agua: arrojando una piedra a ella para que él me oiga, pues toda el agua del mundo está comunicada entre sí, desde los ríos a los neveros de las montañas y desde éstos a los océanos, según parece. Tú tiras una piedra a un canal de riego y la onda que forma se multiplica recorriendo todas las aguas del mundo, desde España hasta América y desde América hasta el Japón. Así que quien puede oírla la oye, se encuentre donde se encuentre, ya sea en una charca o en un pantano como éste, o en el mar, donde habrá marineros mirando ahora los círculos que mi madre formó al tirar las flores que trajo desde la laguna al agua. Todavía se las ve en el centro de ellos, como si el pantano hubiera formado una corona nueva.

Cuando era niño, me acuerdo de lo que me gustaba jugar a tirar al agua piedras ligeras, cuanto más ligeras mejor, y ver cómo saltaban sin hundirse, a veces hasta llegar a la orilla opuesta. Entonces era del río, o de las balsas y de las charcas, en la laguna. El agua siempre me atrajo, quizá por lo que mi padre me contó luego, cuando crecí. Porque hasta que pasó algún tiempo mi padre no me contó lo que ocurrió con el pueblo en el que nacimos y por el que mi madre lloraba algunas veces lo mismo que si fuera una persona. Así que yo pensaba que lo era, una persona como Valentín, el hermano que se nos murió tan pronto. Cuando supe lo que le ocurrió a mi pueblo fue cuando vine aquí la primera vez con mi madre y con mi hermano Toño. Él no quiso acompañarnos. Él se quedó en la laguna, como hizo todas las veces en que volvimos hasta el día de hoy. Un día me dijo (cuando le pregunté el motivo) que prefería recordar este valle tal como era, como hacía con las personas que se morían. Se negaba siempre a verlas para poder recordarlas vivas. Y yo lo comprendo. De hecho, hago lo mismo que él: me niego a ver a los que se mueren, no porque me den miedo, ni mucho menos, sino porque quiero seguir viéndolos en vida. Por eso me negué a mirarlo a él cuando Teresa me dijo que se había muerto (yo estaba fuera de la habitación y mi hermana salió llorando a comunicármelo) y por eso ahora he mirado hacia otro lado cuando Teresa abrió la urna con sus cenizas y las tiró. Yo prefiero seguir viéndolo vivo siempre, como cuando íbamos en el tractor, él conduciendo y yo a su lado, por los caminos, o como esta mañana antes de venir aquí, cuando me despidió desde el sitio en el que se sentaba

siempre, en el rincón del banco de las herramientas...

¿Nos vamos?... Creo que nos vamos ya. Teresa por lo menos ha comenzado a andar hacia la
carretera, hacia el lugar donde dejamos los coches.
Entre Virginia y ella llevan del brazo a mi madre
y detrás va mi hermano Toño, con Elena agarrada
del suyo como casi siempre. Daniel y la novia, sin
embargo, van uno al lado del otro pero separados;
se ve que les da vergüenza agarrarse del brazo delante de los demás. Poco a poco, todos empiezan
a andar en dirección a la carretera, que desde aquí
no se ve pero se adivina por el corte que hace en
la cuesta que sube hacia el mirador... «¿Vamos,
tío?», me pregunta Raquel antes de marchar también. Se ve que ha vuelto a llorar, pues tiene lágrimas en los ojos.

Pero yo espero hasta que se alejan todos.
Quiero quedarme solo con él para despedirlo
como se merece. Aunque sé que va a seguir conmigo, no voy a volver a verlo hasta que regrese
aquí. Y a lo mejor pasa mucho tiempo. Y, además, no quiero que mis hermanos escuchen lo
que le digo, pues pensarían que no estoy bien de
la cabeza. Ellos no entienden que mi padre y
yo hablemos como cuando estaba vivo ni que yo
me dirija a él como si de verdad me oyera. Así
que mejor que no me escuchen y que piensen que
estoy mirando el agua (como si no me hubiese
enterado de que ellos se han ido ya hacia los coches), abstraído como siempre, con la cabeza en

otro lugar, que es lo que todos me dicen siempre. Eso sí, los que vuelven la suya son todos ellos cuando, ya lejos de la orilla, oyen el ruido que hace en el agua la piedra que traje de la laguna para que mi padre nunca se olvide de dónde estoy y de dónde tiene su casa.

Automovilista

¿Qué hará toda esa gente ahí?... Cuando pasé hacia arriba no estaba.

En verano todavía se ve a alguien, pero ahora...

Deben de ser turistas. Por las matrículas de sus coches.

Pues han tenido suerte: el pantano está a rebosar y hace un día precioso.

«Todo el aire de esa región queda reducido a bien poco: una sierra al fondo, una carretera tortuosa y un monte bajo en primer plano...»

JUAN BENET

Índice

Este libro
se terminó de imprimir
en Fuenlabrada, Madrid,
en el mes de abril de 2015

Pyt   7/5/15